18세,
네 꿈을
경영하라

도서출판
청어람

18세, 네 꿈을 경영하라

초판 1쇄 찍은 날 | 2008년 6월 13일
초판 1쇄 펴낸 날 | 2008년 6월 20일

지은이 | 이채윤
펴낸이 | 서경석
편집장 | 오태철
본문 편집 및 디자인 | 정은경 · 김동화
펴낸곳 | 도서출판 청어람
등록번호 | 제1081-1-89호
등록일자 | 1999. 5. 31
어람번호 | 제3-051호
주소 | 경기도 부천시 원미구 심곡1동 350-1 남성B/D 3F (우) 420-011
전화 | 032-656-4452 팩스 | 032-656-4453
http://www.chungeoram.com
E-mail : eoram99@chollian.net

ⓒ 이채윤, 2008

ISBN 978-89-251-1316-6 (03810)

이채윤 지음

18세,
네 꿈을
경영하라

Time to
come

Mind
Control

Dream

Happiness

도서출판
청어람

Contents

Prologue 왜 꿈이 중요한가?

18살!

당신은 인생에 있어서 가장 중요한 시기에 서 있다.

머지않아 고등학교를 졸업하고 대학에 진학하거나 사회생활을 시작해야 한다.

대학을 가는 사람은 무엇을 전공할지 결정해야 하고, 곧바로 사회생활을 시작하는 사람은 어떤 일에 종사해야 할지를 선택해야 한다.

지금 당신은 인생의 출발점에서 무슨 일인가를 시작하려고 하는 것이다.

중요한 것은 지금의 선택이 일생을 좌우하게 된다는 것이다.

스스로 결정한 전공과목이나 직업이 앞으로 당신의 30년… 50년… 후의 삶의 향배를 결정할 것이기 때문이다.

가령 의대를 지망하는 사람은 의사로서 일생을 살 확률이 높고, 공대를 지망하는 사람은 공학도로서, 교대를 지원하는 사람은 선생님으로서 살 확률이 높다. 그러므로 지금 자신의 적성과 꿈을 찾는 일보다 중요한 것은 없다.

물론 전공과목이나 직업 모두 적성에 맞지 않으면 얼마든지 바꿀 수 있다. 하지만 진로를 잘못 선택하여 나중에 다른 길을 가게 된다면 그만큼의 시간과 정력의 낭비가 아니고 무엇이겠는가?

그러므로 당신은 사려 깊은 통찰력을 가지고 자신의 재능과 능력을 확인해 보아야 한다. 또한 우리 사회가 요구하는 인재상과 미래 사회의 변화에 능동적으로 대처해야 한다.

한마디로 말해서 당신은 어른이 되기 전에 자신이 해야 할 일을 결정해야 한다.

현재 자신이 가지고 있는 지식의 깊이를 측정하고 어떠한 능력을 가지고 있는지 아는 것보다 중요한 일은 없다.

이 책은 당신을 그런 낭비와 낭패, 혼돈으로부터 구하고 꿈을 향해 전진할 수 있도록 도움을 주기 위해서 씌여졌다.

당신은 이 책을 읽는 동안 자신의 재능을 발견하고, 꿈을 탐구하여 그것을 제대로 선택하는 방법을 배울 수 있을 것이다. 이 책은 단계별로 자신의 꿈을 찾는 방법을 제시하여 당신이 성공적인 삶을 살아갈 수 있도록 훌륭한 위인들의 예를 드는데 치중했다.

당신이 태어나면서 하늘로부터 받은 달란트를 찾아서 자신의 꿈을 무한이 펼치기를 빈다.

—2008년 이채윤

제1장
시작이 중요하다

어떻게 태어난 인생인데
사람은 두 번 탄생한다. 하나는 세상에 태어날 때의 탄생이고,
또 하나는 사춘기 이후 자아에 눈을 뜨는 탄생이다.

—장 자크 루소/에밀

어떻게 태어난 인생인데

사람은 두 번 탄생한다. 하나는 세상에 태어날 때의
탄생이고, 또 하나는 사춘기 이후 자아에 눈을 뜨는 탄생이다.

―장 자크 루소/에밀

자기 자신을 찾아라

나는 누구인가?

누구나 자라나면서 스스로 이런 질문을 던져 보는 시기가 있다.

사람에 따라 정도의 차이는 있지만 청소년기가 되면 누구나 자기 자신의 존재에 대한 의구심을 갖는다. 그것은 어른이 되어 가는 과정이다.

— 나는 왜 이 땅에 태어났으며, 무엇을 하고 있는가?

— 나는 자신에 대해서 얼마나 알고 있는가?

— 이 세상에 태어나 살고 있는 것에 대해서 얼마나 만족하며 감사하고 있는가?

아마 당신은 이러한 질문을 스스로에게 여러 번 던져 보았을 것이다. 우리는 이렇게 자아에 눈을 뜨면서 자신 앞에 펼쳐지는 인생 드라마를 보게 되고, 자기 자신이 주인공이라는 것을 깨닫는다.

그 안에서는 부모님도 선생님도 친구들도 주인공이 될 수 없다. 그러므로 나 자신의 길은 스스로 선택하여야 하는 것이다.

18살이 된 지금, 이 책을 펼쳐든 당신은 초등학교, 중학교, 고등학교를 거치면서 세상에 대하여 많은 것을 배우고 있으며, 그 과정에서 많은 심리적 갈등을 느끼고 있을 것이다.

이 무렵의 고민들은 내용이 무척 다양하고, 복잡하다. 당신은 친구, 학과성적, 이성, 사랑, 성, 돈, 부모와의 갈등, 열등의식, 고독…… 등 이루 말할 수 없는 고민을 안고 있을 것이다.

또한 하고 싶은 것, 되고 싶은 것이 너무 많아 혼란을 느낄 것이다.

어서 빨리 운전면허를 따서 차를 몰고 다니고 싶고, '보아'나 '비' 같은 가수나, '박지성', '김연아' 같은 스포츠 스타가 되고 싶기도 하고, 이소연 같은 우주인이 되어 우주를 탐험하고 싶기도 할 것이다.

18살! 당신은 거칠 것 없는 멋진 꿈을 꿀 나이이다.

전 국민의 사랑을 받는 피겨 요정 김연아

우리는 우리나라 역사상 처음으로 피겨 스케이팅 종목에서 우승을 차지한 피겨 요정 김연아에 열광한다. 그녀는 초등학교 시절부터 전국 동계체전 등 각종 국내 피겨대회에서 우승을 휩쓸며

일찌감치 재능을 인정받았고, 2002년 4월 처음으로 출전한 국제 대회인 슬로베니아 트리글라브 트로피 대회 노비스 부문에서 우승한 것을 시작으로 각종 세계선수권 대회에서 우승을 거머쥐었다. 하지만 우리가 김연아를 사랑하는 것은 그녀의 연기가 멋지고 기술이 훌륭해서만은 아니다.

고관절 부상으로 3주간 훈련을 못하고, 완치되지 않은 몸에 진통제를 맞으면서 펼치는 훌륭한 연기 때문이다. 그녀는 매번 경기에서 부상으로 인한 스트레스에 시달리면서도 흔들리지 않는 무서운 집중력으로 자신이 가진 재능을 유감없이 발휘하고 있다. 부상 투혼 속에 발휘되는 교과서적인 기술에 전 국민은 환호하고 기분 좋은 감동을 느낀다.

최근 김연아는 캐나다 무용수에게 발레 레슨을 받아 빠른 속도로 빙판을 누비는 스케이팅 기술과 발레리나 같은 우아한 자태를 선보이며 세계 스케이팅계에 신선한 충격을 던져주었다. '몸으로 말하는 언어'의 천재인 그녀는 '빙상의 발레리나'라는 찬사를 받으며 끊임없이 자기 한계에 도전하고 있다.

김연아는 최대 무기인 정교한 기술 구사와 탁월한 위기관리 능력을 더욱 돋보이며 세계 '피겨 여왕'으로 성장하고 있다. 그녀는 기술력과 예술성을 아우르며 2010년 밴쿠버 동계 올림픽이라는 또 다른 도전을 앞두고 있다.

자신만의 재능을 찾아라

어떠한 기술이라도 타고난 재능 없이는 획득할 수 없으며
타고난 재능도 기술적인 훈련에 의하여 다듬지 않으면
못 쓰게 되고 만다.
이 두 가지가 서로 돕고 보태어져 하나가 되어 일할 때
비로소 성공의 결승점에 도달할 수 있다.

— 호라티우스

꿈과 능력의 조화

그러나 김연아 같은 선수는 아무나 되는 것이 아니란 것을 알아야 한다. 한 마디로 김연아는 프로정신으로 달련된 10대다. 그녀는 그냥 피겨여왕이 된 것이 아니라 각종 부상에도 불구하고 끊임없이 자기의 한계에 도전하고 그것을 극복함으로써 세계 빙상계에 김연아의 시대를 활짝 열어 젖힌 것이다.

나는 여기서 당신에게 그 꿈이 그렇게 호락호락하게 이루어지지 않는다는 것을 말하고 싶다. 김연아가 자신의 꿈을 이루기 위해서 무엇을 준비하고 어떻게 공부하고 노력했는가를 알아야 한다.

사람들은 자신을 선택받은 존재라 여기고, 자신의 미래는 당연히 행복만이 기다리고 있을 것이라고 믿는 경향이 있다. 그러나 그런 꿈은 성인이 된 후, 냉엄한 현실에 부딪히며 하나하나 깨어지고, 고통의 근원으로 이어지기도 한다.

진정 지혜로운 사람은 그런 착각에 빠져들지 않고 인생을 살아간다. 언제나 최선의 것을 희망할 수는 있지만, 최악의 상태도 예상하고 사는 것이 현명한 일이다. 그래야만 어떤 일이 일어나도 평정을 유지할 수 있기 때문이다.

누구나 자기 능력의 한계를 알아야 한다. 그러면 자신의 생각과 꿈을 현실에 맞게 조절할 수 있을 것이다.

우선 자기 자신의 성격, 감정을 잘 이해해야 한다. 자신을 알지 못하면 아무것도 할 수 없다. 얼굴을 비춰 주는 거울은 어디에나 있지만 정신을 비춰보는 거울은 단 한 곳, 자신의 마음속에 있을 뿐이다.

멋진 출발을 하려면 사려 깊은 통찰력을 가지고 자기 자신의 능력을 확인해 보아야 한다. 자신이 꿈꾸는 삶에 도전할 만한 힘이 충분히 있는가를 판단하는 일은 아주 중요하다. 그러기 위해서는 자신의 지식의 깊이를 측정하고, 어떤 능력을 가지고 있는지 알아야 한다.

재능의 발견 1

스티븐 스필버그는 세계에서 가장 높은 흥행 기록을 가지고 있는 영화감독이다. '조스', 'ET', '쥬라기 공원', '쉰들러 리스트', '라이언 일병 구하기' 등 그가 만든 작품들은 세계인의 관심을 불러일으킴과 동시에 연속적으로 최고의 흥행기록을 세웠다.

스필버그가 영화에 빠져들기 시작한 것은 열두 살 때였다. 어머니가 아버지에게 8밀리 코닥 무비카메라를 선물했는데, 그 카메라는 곧 스필버그의 것이 되어버렸다. 그는 가족의 전속 카메라맨이 되어 많은 장면들을 찍었다. 그때부터 영화에 빠져들어 시나리오를 쓰거나 영화 장면을 그려보곤 했다. 그는 부모님과 세 여동생을 자신의 영화에 출연시키는 것을 좋아했다.

소년 스필버그는 그때부터 학교 다니기가 몹시 싫었다고 한다. 영화감독을 꿈꾸는 그에게 학교에서 가르치는 과학, 수학, 외국어 등은 아무런 도움도 되지 않는 것으로 여겨졌기 때문이다. 그의 학과 점수는 형편없었고, 체육은 고교 3년 내내 낙제였다.

그는 학교에서 내주는 숙제를 피하기 위해 더욱더 영화에 매달렸고 촬영한 필름을 편집한다는 핑계로 1주일에 한 번 정도는 아예 학교에 나가지 않으려고 꾀병을 부렸다.

16세부터 그는 자신의 영화에 자본을 끌어들이는 놀라운 능력을 발휘하기 시작했다. 그의 첫 번째 장편영화인 '불빛(Firelight)'은 8밀리 영화였다. 그 자신의 능력으로 공항을 폐쇄하고, 지방병원까지 자신의 촬영지로 만드는 추진력으로 영화를 완성했다. 배짱이 두둑했던 그는 피닉스 극장을 찾아가 로비를 한 끝에 자신의 영화를 상영하게 만들었다. 그리하여 불과 5백 달러를 들여 만든 영화로 1천 달러의 순이익을 만들어냈다. 영화와 자본의 관계를 그는 이미 이해하고 있었던 것이다.

고등학교를 졸업한 스필버그는 캘리포니아 주립대학 〈롱비치대학〉에 입학했다. 대학을 다니는 동안 그는 유니버설 스튜디오를 마치 자기 집처럼 자유롭게 드나들었다.

또한 회사 직원인 양 양복을 차려입고 유니버설 스튜디오에 들어가 촬영 장면들을 참관했고, 심지어 영화 관계자와 친분까지 맺었다.

그러던 중 그는 TV제작자인 사인버그를 만나 자신이 만든 영화 '앰블린'을 보여주었는데 그가 그 작품을 높게 평가해 정식 계약을 요청해 왔다. 스필버그가 아직 학생이란 것을 알고 그가 말했다.

"자네는 대학을 꼭 졸업할 필요가 없을 것 같군. 내가 영화감독의 길을 가르쳐주지."

이 제의를 받은 스필버그는 1주일 동안 자신의 진로에 대해 고민하다가 대학을 포기하고 영화를 선택했다.

그 후 그는 〈유니버설〉에 입사해서 3년 간 TV드라마를 기획하면서 영화감독 수업을 했다. 남들이 대학 공부를 하는 동안 현장에서 자기 분야를 확실하게 공부하고 실력을 다진 그는 수많은 영화를 만들어 내기 시작했다.

그는 '조스', 'ET'의 성공으로 엔터테인먼트의 기린아로 떠올랐고 연이어 발표한 '쥬라기 공원' 한 편으로 8억 5천만 달러의 이익을 남겼다. 스필버그는 흥행에서만 앞서는 감독이 아니라 영화를 만드는 아이디어와 기술력, 대중이 선호하는 취향을 제대로 읽고, 여러 장르의 영화를 넘나들면서 새로운 영상세계를 주도적으로 만들어내는 감독으로 기억되고 있다.

재능의 발견 2

음악의 아버지로 불리는 바흐는 독일 중부에 있는 종교 개혁가인 루터의 고향이자 루터파 신앙의 중심지인 아이제흐나에서 8남매 중 막내로 태어났다. 궁정 음악가인 바흐의 아버지는 바흐에게 6살부터 오르간을 가르쳤고 그는 음악적인 공기를 호흡하며 자라났다. 그런 그에게 불행의 그림자가 다가왔다. 바흐가 9살이 되던 해에 어머니가, 그리고 그 다음해에 아버지가 돌아가신 것이다.

하지만 그는 대단한 공부벌레라서 음악 공부를 게을리 하지 않았고 15살 때부터 혼자 힘으로 살아가야 했지만 타고난 부지런함과 굳은 의지로 모든 어려움을 극복했다. 그리고 18살 때 바이마르 궁정의 악단에 바이올리니스트로 취직했다.

그런 어느 날, 뤼베크의 북스테후데라는 사람의 오르간 솜씨가

귀신같다는 소문을 들은 바흐는 모든 일을 제쳐놓고 그의 연주를 듣기 위해 370킬로나 떨어져 있는 뤼베크까지 걸어서 갔다. 북스테후데의 오르간 연주를 들은 바흐는 완전히 매료되고 말았다. 그의 연주는 이제까지 들어본 누구의 연주보다도 감동적이었고 바흐의 영혼을 사로잡은 것이었다. 한 달의 휴가를 얻어 떠난 것이었는데 그의 음악에 매혹된 바흐는 4개월이나 그곳에 머물다 돌아와 직장에서 쫓겨날 정도로 호되게 질책을 당했다.

바흐는 후회하지 않고 밥 먹는 것도 잊어가며 오르간 연주와 작곡에 매달렸다. 그리고 마침내 새로운 작곡법을 창안해 냈다. 그때부터 그의 음악은 풍부한 멜로디와 절묘한 대위법을 사용한 한없이 아름다운 음악으로 유명해지기 시작했다.

그가 작곡한 음악이 얼마나 아름답고 심금을 울리는지 당시 독설가로 유명한 평론가 라이켄도 감동하여 눈물을 흘릴 정도였다.

"어떻게 하면 그렇게 멋진 명곡을 만들 수 있습니까?"

어떤 사람이 묻자 바흐는 이렇게 대답했다.

"간단합니다. 내가 했던 만큼만 공부하고 노력하면 누구라도 나 정도는 할 수 있을 겁니다."

재능의 발견 3

대개의 경우 자신이 가장 좋아하는 것에 재능이 있다고 한다.

노래를 좋아하는 사람은 노래를 잘하고, 그림을 좋아하는 사람은 그림을 잘 그리는 등 좋아하는 것과 재주는 정비례한다고 볼 수 있다.

내 경우는 어려서부터 책 읽기를 무척 좋아했다.

초등학교 5학년 때 고물장수 아저씨의 리어카에서 책 한 권을 발견한 나는 들고 나갔던 고철을 주며 강냉이 대신 그 책을 달라고 했다. 초등학생이 보기에는 아주 두꺼운 '전쟁과 평화'란 책이었다. 하지만 나는 상관하지 않았다. 당시 나에게 교과서 외의 책이라곤 한 권도 없었다. 그래서 그 두꺼운 책을 몇 번이고 읽었다. 물론 그 당시에는 책의 내용이 무엇인지 잘 이해하지 못했다. 한참 후에야 그 책이 소설책이고, 러시아의 대문호인 톨스토이가 쓴 세계명작이란 것을 알았다. 다시 말하자면 내가 그 책의 장르며 작가를 인지한 것은 한참 후였다. 하지만 나는 그 외피보다는 내용에 아주 정통해 있었고 그 이야기를 이해하는 조숙한 아이가 되어 있었다. 그 후 나는 톨스토이와 같은 명작을 쓰는 훌륭한 작가가 되고 싶다는 꿈을 가지게 되었다.

아직까지 그런 명작을 쓰지 못하고 있지만 어쨌거나 그 책 한 권 때문에 나는 작가가 되었다. 책 한 권이 사람의 인생을 바꿀 수도 있다는 말을 몸소 체험한 것이다.

나는 어떤 유형의 사람인가?

다음은 당신이 어떤 분야에 적성이 있는지 알아보기 위한 테스트이다. 각 질문에 성실히 체크하고 얼마나 맞는지 확인해 보라.

(A타입)

1. 나는 대중들 앞에서 이야기 할 때 실수하는 것을 부끄러워하지 않는다.
2. 나는 사람들을 잘 설득한다.
3. 나는 사람들의 이야기를 잘 듣고, 그들이 문제를 해결하도록 잘 도와준다.
4. 나는 맹목적으로 다른 사람들을 따르기보다는 그들을 이끌어 가는 것을 좋아한다.
5. 나는 쉽게 낙담하지 않는다.

B타입

1. 나는 영수증을 잘 챙기고, 수입이 생기면 잘 기록해 둔다.
2. 나는 직접 사람들을 만나는 것보다 전화나 인터넷을 이용하는 것을 더 좋아한다.
3. 나는 혼자 힘으로 일해야 하는 경우를 좋아하지 않는다.
4. 나는 대부분의 경우 교칙을 따른다.
5. 나는 단조로운 일을 하는 것을 싫어하지 않는다.

C타입

1. 나는 체계적인 것을 좋아하고, 자료를 분석하는 것을 좋아한다.
2. 나는 모든 것에 대해 상당한 호기심이 있다.
3. 나는 다른 사람들과 함께 하는 일보다 혼자서 하는 일을 더 좋아한다.
4. 나는 다른 사람들에게 어려운 개념을 정확하게 설명하는 것을 즐긴다.
5. 나는 책을 읽고 문제를 해결하는 것을 즐긴다.

D타입

1. 나는 다른 사람으로부터 명령이나 지시받는 것을 싫어한다.

2. 나는 내 자신의 사업을 운영하고 싶다.

3. 나는 새로운 사람들을 만나서 새로운 관계로 발전시키는 것을 좋아한다.

4. 나는 목표를 정하고 다른 사람들과 그것을 위해 경쟁하기를 좋아한다.

5. 나는 창조적인 활동을 한다.

점수

3 : 매우 일치함 (3점)

2 : 약간 일치함 (2점)

1 : 다소 일치하지 않음 (1점)

0 : 전혀 일치하지 않음 (0점)

당신은 어떤 범주에서 가장 높은 점수를 얻었는가?

A, B, C, D 중에서 가장 높은 점수를 얻은 범주가 당신이 어떤 유형의 사람인지를 설명해 준다.

A 타입 : "나를 따르라! 모든 것은 내가 책임지겠다!"

만일 범주 A에서 가장 높은 점수를 얻었다면, 당신의 적성은 경영이나 관리에 있다. 당신은 선봉에 서기를 좋아하고, 다른 사람들을 잘 이끌어 나간다. 만일 당신이 지도력과 경영 분야에서 관심을 개발하고 그 분야에서 필요로 하는 기술을 키운다면, 사회의 선두 그룹의 일부가 될 수 있을 것이다. 그러나 자신을 과신하고 다른 사람들을 거느리려는 성향이 짙으므로 상대방을 배려하고 자신보다는 조직의 이익을 더 생각하는 법을 연습할 필요가 있다. A의 사람은 조직의 리더형이다.

B 타입 : "말씀만 하세요."

만일 당신이 범주 B에서 가장 높은 점수를 얻었다면 당신의 적성은 사무직에 있다. 자신의 조직에 헌신하고, 안정을 추구하며, 조직의 규정을 따르려는 경향이 강하다. 자신보다는 조직과 그 구성원의 이익을 우선하는 법을 본능적으로 알고 있다. 당신은 보다 적극적으로 자신의 일을 수행할 필요가 있다. 사무직, 공무원 등 전형적인 봉급생활자가 이 범주에 속한다.

C 타입 : "이게 뭘까??"

만일 당신이 범주 C에서 가장 높은 점수를 얻었다면, 당신의 적성은 연구와 개발에 있다. 연구와 개발 영역은 주제에 집중할 수 있는 능력을 필요로 한다. 따라서 당신이 만일 이 영역에서 일하기를 원한다면 계획을 짜는 능력을 계발해야 하며, 사회의 이익구조를 이해하고 그 계획들을 수행할 자질을 계발해야 한다. 연구원, 교사가 이 범주에 속한다.

D 타입 : "내 방식대로 살 거야."

만일 당신이 범주 D에서 가장 높은 점수를 얻었다면, 당신의 적성은 판매, 무역, 예술에 있고 사무실에 앉아 있기보다는 사람들을 만나길 좋아한다. 또한 다른 사람들과 경쟁하기를 좋아하며 스스로 목표를 정하고, 그것을 실행에 옮기는 능력이 뛰어나다. 따라서 일하는 만큼 수입을 높일 수 있는 판매 부문에서 일한다면 큰 수확을 거둘 수 있다. 하지만 판매 부문에서 일을 하려면 사교적인 성격, 그 이상이 필요하다. 재능을 키우고, 정보를 수집하여 정리하고, 효과적으로 고객을 관리할 수 있는 능력을 가진 사람만이 세일즈에서 성공할 수 있기 때문이다. 자영업자, 프리랜서, 예술가가 이 범주에 속할 것이다.

자기가 원하는 것을 혼자말로 해 보라

나는 당신이 자신이 원하는 것을 찾았다면 혼자말로 그 말을 되뇌어 보라고 권하고 싶다. 자신이 진정으로 그 길을 원하는지,

다시 한 번 스스로에게 질문해 보라. 가슴에 손을 얹고 자기 자신에게 물어 보고. 소리 내어 말해 보는 것이 좋다. 이것이 꿈을 이루는 비결이다.

진정 자기가 그 길로 접어들고 싶은가를 거듭 물어보라.

하루에 세 번 이상 원하는 것을 구체적으로 자기 스스로에게 인식시켜야 한다. 그러는 사이에 거듭 자기 자신의 다짐을 확인할 수 있다. 그러한 행동을 반복하다보면 의외로 많은 효과를 볼 수 있다.

이것은 '소크라테스 학습법'으로 질문을 통해서 진리를 찾아가는 것이다. 거듭 질문하고 질문해서 자신이 진정으로 가고자 하는 길을 확고히 하는 것이다.

그다음에는 주위 사람들에게 자신의 꿈에 대해 말해라. 그렇게 말하면 반대하는 사람도 생길 것이다. 그때 그들을 설득시킬 수 있을 만큼 자신의 꿈에 대해 확신을 가질 수 있어야 한다. 그러다 보면 자신에게서 어떤 재능이 있는지를 알게 되고 그 재능을 갈고 닦는 일에 몰입할 수 있는 방법을 찾아낼 수 있다.

10대에 자신의 재능을 찾아낸 사람은 아주 만족스러운 미래를 설계할 수 있고 현명하고 좋은 인간관계를 유지할 수 있다.

이렇게 자신의 재능을 일찍 발견하고 마음껏 발휘하는 사람은 남들에게 아주 유능하고 매력적인 사람으로 보일 것이고 타인의 마음을 사로잡고 자신의 인간적 매력을 더욱 발산할 수 있다.

한마디로 말해서 당신이 지금부터 준비해야 할 것은 자기 자신의 재능을 발견하는 일이라는 것이다.

성공한 사람들은 일찍부터 자신의 재능을 발견하고 자신의 분야에서 끊임없이 노력하며 그 길을 개척한 사람들이라는 것을 명심하자.

진정으로 원하는 것을 하라

내가 알고 있는 최대의 비극은
많은 젊은 사람들이 자기가 진정으로 하고 싶은 일이
무엇인가를 알지 못하고 있다는 것이다.
단지 급료에 얽매여 일하고 있는 사람처럼
불쌍한 인간은 없다.

— 데일 카네기

인생의 목적

철학자 아리스토텔레스는 인생의 목적이 '행복'을 추구하는 것이라고 말했다.

우리가 미래의 일에 대해서 생각하고 있는 것도 행복을 찾기 위한 노력이다.

언젠가는 자신이 원하는 '행복'을 얻을 수 있다는 신념 때문에 어려운 학과 공부를 수행하며 장래를 준비하는 힘든 과정을 버텨내고 있다. 많은 사람들이 돈이나 성공을 좇는 것도 그것들이 행복을 가져다준다고 믿기 때문이다.

사회에서 성공한 많은 사람들은 부와 명예를 얻고 그에 걸맞는 품위와 인간다운 삶을 누리고 있다. 최첨단 시설이 갖추어진 타워 펠리스 같은 호화로운 저택에 살며, 남들이 일하는 평일에 골프를 치고, 멋진 요트를 타고 긴 휴가를 보내며 유쾌한 인생 항로를 달린다.

그러나 과연 그것이 행복일까?

앤드류 매튜스는 〈마음 가는 대로 해라〉에서 '인생의 목적'에 대해서 이렇게 말하고 있다.

산스크리트어에는 '인생의 목적'이라는 의미로 '다르마'라는 말이 있다. 다르마의 법칙에 따르면 우리들 각각이 고유한 재능을 가지고 있다. 그 재능을 표현할 수 있을 때 우리는 기쁨을 느끼게 된다. 그 법칙에 따르면 '내가 무엇을 얻을 것인가'가 아니라 '내가 무엇을 줄 것인가'라고 물을 때 그러한 재능을 발견하게 된다고 한다.

빌 게이츠는 세계 최고의 갑부 중 한 사람이다. 그가 하는 이야기를 들으면 그는 돈보다는 소프트웨어에 더 관심이 있는 것이 분명하다. 엘비스 프레슬리는 돈을 벌기 위해서가 아니라 음반을 내기 위해 노래를 시작했다. 부자가 되는 것은 목표가 아니라 부산물로 따라오는 결과이다.

그러나 너무나 많은 사람들이 그러한 인생의 목적인 '다르마' 즉, '내가 무엇을 줄 것인가', 보다 부와 명예를 얻기 위해 너무 급하게 앞으로만 내달리는 탓에 세상은 이상한 소굴로 변해가고 있다.

대단한 은혜를 입은 사람

일찍이 영국의 철학자 토머스 칼라일은 이런 말을 했다.

"자신의 일을 발견한 사람은 이미 대단한 은혜를 입은 사람이다. 그런 사람은 그 이상의 것을 추구해서는 안 된다. 그 일이 그가 평생 동안 추구해야 할 일이기 때문이다. 스스로가 찾아낸 일에 열중하는 순간, 그 사람의 영혼은 순식간에 조화를 이룰 수 있다."

나는 여기서 '대단한 은혜를 입은 사람'은 '그 이상의 것을 추구해서는 안 된다'는 말에 주목해야 한다고 말하고 싶다. 자신의 재능과 일을 발견한 사람은 그 일에 몰두함으로써 모든 것을 얻을 수 있다. 한 가지를 잘하면 열 가지가 따라오는 법이다.

그런데 사람들은 세속적인 성공에 눈이 어두워져서 한 가지를 성공하면 공연히 다른 곳에 눈을 돌리고 허튼 짓에 몰두하다가 그 동안 이룬 자신의 업적마저도 갉아 먹는 경우가 종종 있다.

우리는 명망 있는 교수, 의사, 작가들이 TV에 출연하다가 조금 인기가 오르면 본업은 등한시하고 정치판을 기웃거리거나 광고 모델이 되어 어줍잖은 모습을 보이다가 이도저도 아닌 사람으로 전락하는 것을 수도 없이 목격하고 있다.

그리고 더 많은 이들이 자신의 재능이나 진로에 대해서 제대로 결정하지 못하고 우물쭈물 시간을 보내며 청춘을 낭비한다.

거기에 대해서 독일의 시인 괴테는 이렇게 말했다.

"만약 오늘을 헛되게 보낸다면 내일도 그 다음날도 일정한 계획이 없이 헛되게 보내게 될 것이다. 어떤 일에 대한 결정을 내리지 못하면 그것은 자연히 미루어지게 되고 시간이 지남에 따라 점점 후회하게 될 것이다. 어떤 일을 행동으로 옮기는 것, 거기에는 커다란 용기가 포함된다. 당신이 계획한 일은 무엇이든 할 수 있다고 생각하고 과감히 시작하라. 망설임에서 벗어나 일단 시작만 하면 그것을 향한 당신의 마음이 불붙게 될 것이다. 그러니 시작하라. 그러면 장차 그 끝을 보게 될 것이다."

세상에서 가장 어려운 일

생텍쥐페리의 유명한 소설 〈어린 왕자〉 중에 이런 말이 나온다.

"세상에서 가장 어려운 일이 뭔지 아니?"
"흠… 글쎄요, 돈 버는 일? 밥 먹는 일?"
"세상에서 가장 어려운 일은 사람이 사람의 마음을 얻는 일이란다. 각각의 얼굴만큼 다양한 각양각색의 마음을. 순간에도 수만 가지의 생각이 떠오르는데 그 바람 같은 마음이 머물게 한다는 건 정말 어려운 거란다."

나는 현 21세기 디지털 사회에서는 사람의 마음을 얻는 일이 가장 중요한 일이라고 생각한다. 과거의 '닫힌사회'에서는 획일적인 지시를 받는 공장이나 사무실이 즐비했지만 21세기 '열린사회'에서는 언제 어디서나 마음 맞는 사람들과 의사소통이 가능한 시대이므로 서로의 '마음을 얻는 일'이 자신이 '하고자 하는 일'이 된다.

지난 40년 간 한국 사회는 열심히 일하는 성실한 사람이 이끌어 왔다.

서구에서 근 300년에 걸쳐서 이룩한 산업화를 우리는 단 40여 년 만에 따라 잡았다. 그러는 동안 '성실'과 '근면'은 우리 사회의 가장 중요한 덕목이 되었다.

그러나 지금은 더 이상 '맨땅에 헤딩'하는 방식으로 살 수 있는 세상이 아니다.

어디로 가는지 모르고 시키는 일만 성실하게 한다고 해서 인정받을 수 있는 세상은 더더욱 아니다. 우리보다 앞서있는 서양의 산업사회라는 모델이 있을 때는 이미 완성된 성공방식에 따라 정해진 일만 열심히 하면 됐다.

그러나 이제 우리 사회는 그런 성실함만을 가진 사람을 더 이상 필요로 하지 않는다.

이미 우리는 세계 최강의 IT강국이 되어서 우리 나름의 성공 모델을 만들어 나가고 있다.

"21세기의 지식경제사회에서 성공하려면 자기 자신을 잘 알아야 한다."

이 말은 현대 경영학의 대부로 불리는 피터 드러커가 21세기에 던진 화두다. 드러커의 말대로 지식기반사회는 '창의적인 두뇌'들이 이끌어 나간다.

그저 성실하기만 한 사람에게는 절대 기회가 오지 않는다.

서로의 마음을 얻는 일에 자신이 하고자 하는 일이 있고, 재능이 있으며, 미래가 있다는 것을 명심하라. 이것은 남들과는 다른 자기만의 방식으로 살아야 한다는 말이다. 자기만의 창의적인 사고를 가진 사람은 자신이 원하는 삶을 살아 갈 수 있다.

무엇이 성공이고 가치 있는 일인가?

이쯤에서 우리는 현대인들이 말하는 성공에 대한 정의를 하고 넘어가야 할 것 같다.

일반적으로 성공이라고 하면 명예, 부귀, 권력, 이 세 가지를 성취하는 것을 뜻한다. 이것은 자본주의가 지구상에 나타난 이후 사람의 행복을 저울질 하는 잣대가 되어왔다. 이 성공이란 말은 사람들로 하여금 가난과 무명, 실패의 공포를 딛고 일어서게 만드는 원동력이 되었고 행복의 다른 이름이기도 했다.

그러나 이 성공, 이 행복에는 어딘가 부족한 점이 있다.

돈, 지위, 명예 중 어느 하나, 아니 전부를 가졌다고 그 사람이 성공했다거나 행복한 것은 아니라고 생각한다.

물론 위의 세 가지 중 하나만 가지고 있어도 성공한 것은 틀림없다.

하지만 세상 사람들이 말하는 그런 성공을 거둔 사람들 중에는 마음의 여유가 없고 두서없이 바쁜 사람들만 있는 것일까?

그들은 항시 무엇엔가 쫓기는 것처럼 산다.

가만히 주변을 둘러보라.

우리 주위에서 성공했다는 말을 듣는 이들 중에서 마음의 여유를 가지고 넉넉한 인생을 즐기고 있는 사람이 과연 얼마나 되는가?

나는 마음을 조용히 여미고, 있는 그대로 자기의 시간을 음미하면서 삶을 관조하는 사람이 진정 행복한 사람이라는 생각이라고 생각한다. 나아가 정신적 수양과 물질적 향상이 동시에 이루어질 때, 가치 있는 삶, 온전한 삶에 도달할 수 있다는 생각을 해 본다. 진정으로 자신이 원하는 삶을 살아가려면 〈살며 사랑하며 배우며〉란 책에서 레오 버스카글리아가 한 말을 음미해 볼 필요가 있을 것 같다.

우리 중 많은 사람들이 "외부로의 여행"에서 길을 잃고 방황하고 있음을 나는 알고 있습니다. 외부로의 여행에는 재물을 얻어 부자가 되거나 권력자가 되는 일이 포함되어 있습니다. 이제 우리는 생활의 안위를 위해 필요한 물건은 거의 가지고 있습니다. 그럼에도 불구하고 물질의 풍요가 우리들의 모든 문제들을 해결해 주지는 못합니다. 우리는 몹시 고독해 하고, 방황하고, 당황하고 있습니다. 다른 방향으로 여행하려는 경향이 있는데 그것이 바로 "내부로의 여행"입니다. 내가 내부로의 여행에 커다란 흥분을 느끼는 것은 평생 아동에 대해 연구한 결과 우리가 아이들에게 제공해 줄 수 있는 것 중에서 가치가 있는 유일한 것은 재산이 아니라 우리의 인격이라는 사실을 자각했기 때문입니다.

이제 자기 관리, 자기계발은 피할 수 없는 대세이자 21세기 지식정보사회에서 살아남기 위한 유일한 대안이 되었다. 당신 스스로 가치 판단을 하며 세상을 만들어가야 한다. 그렇게 하면서 자신이 원하고 이 시대가 원하는 것을 골라서 취해야 한다. 그렇지 않으면 자신이 원하는 것을 얻기 힘들 것이다.

이제 여기서 당신은 다시 한 번 자신이 결정한 일이 진정으로 원하는 것인지, 스스로에게 질문해 보는 것이 좋을 것 같다. 가슴에 손을 얹고 자기 자신에게 소리 내어 물어 보라.

배후에 있는 새로움을 찾아라

우리는 새로운 것을 좋아한다.
그러나 진정으로 의의 있는 새로운 것을
찾을 줄 알아야 하며,
볼 줄 알아야 하며,
새로운 것의 생성을 돕는 동시에 한 걸음 나아가
새로운 것을 몸소 만들기 위하여
그의 이법을 밝혀야 할 것 같다.

— 박종홍 朴鍾鴻/새로운 것

사물을 제대로 보는 눈

나는 자신이 가진 큰 포부를 머지않은 장래에 펼치고자 부푼 꿈을 꾸는 젊은이들을 자주 보았다. 그들의 얼굴은 대부분 밝게 빛나고 영혼은 순수하기만 하다.

그러나 그들 중에는 자기의 능력은 생각하지 않고 실현이 불가능할 만큼 거창한 인생 계획을 세우고 있는 이들이 있다. 그런 사람들을 볼 때 나는 안타까운 마음을 금할 길이 없다.

당신이 명심해야 할 것은 아무리 미래를 향한 꿈과 열망이 크더라도 단순히 그것만 가지고는 아무것도 되지 않는다는 사실이다.

그 꿈을 이루기 위해서는 그 열망만큼, 아니 열망보다 더 큰 노력이 뒤따라야 한다. 또한 작은 것을 소중히 다룰 줄 아는 정성과 성실함이 있어야 한다. 아무리 포부가 크고 원대하더라도 주변의 작은 일을 소홀히 여기면 큰일은 절대로 이루어지지 않는다. '천리 길도 한 걸음부터'라는 말이 있듯이 사소한 일을 무시하지 않고 작은 탐구를 계속 하다보면 사물의 본질을 꿰뚫어 보는 눈을 가지게 된다. 그러는 사이 자연스럽게 큰 성취가 가능해지는 것이다.

일본의 사업가이며 작가인 혼다 켄이 쓴 〈유태인 대부호의 가르침〉이란 책에서 유태인 부호인 '게리'가 20대의 젊은 저자에게 이렇게 말하고 있다.

"성공하는 사람은 사물을 볼 때 있는 그대로 본다네. 그러나 보통 사람은 다르게 보지. 편견과 두려움, 왜곡된 가치관과 윤리관으로 사물을 보기 때문에 결국 아무것도 제대로 보지 못한다네, 사물의 본질을 꿰뚫어 보는 눈을 갖는 것이 행복하게 성공하는데 가장 중요한 요소라네."

10대는 실험의 시기이다

물론 크고 원대한 꿈을 꾸는 것은 젊은이만의 특권이다.

아직 아무것도 정해져 있지 않은 10대는 다양한 실험을 통해 자신을 찾아가는 시기이다. 이 시기에 여러 가지 시행착오를 거치고, 그 시행착오를 성장의 밑거름으로 만드는 젊은이는 성공을 기대할 수 있다.

나는 젊은이들이 신성한 그 특권을 올바로 사용하기를 간절히 바란다. 그러기 위해선 자신이 가진 야망과 꿈의 범위를 정밀하게 설정하는 것이 중요하다. 너무 큰 야망과 꿈을 한꺼번에 성취하려고 하는 것이 아니라 그 꿈을 단계적으로 작게 나누어서 실현하는 방법을 찾아야 한다.

영국을 대표하는 축구선수 베컴의 이야기를 좀 해야겠다.

베컴은 영화배우 못지않은 화려한 외모에 넓은 시야와 정확한 패스 능력을 가진 세계 4대 미드필더 가운데 한 명으로 손꼽히는 선수이다. 하지만 사람들은 화려한 베컴의 외모와 멋진 플레이에만 환호를 보낼 뿐 그 이면에 지독한 연습이 자리 잡고 있다는 것은 잘 알지 못하고 있다. 그의 가공할 스핀과 스피드 킥은 타고난 능력에 엄청난 연습이 더해진 결과인 것이다.

베컴이 소년 클럽에서 활약할 때의 일이다.

그의 재능을 발견한 축구클럽 경영자인 돈 윌트셔가 맨 처음 베컴에게 리프팅을 시켰을 때 그는 단 5회도 넘기지 못했다. 하지만 2개월 후 베컴은 2,000회를 넘기는 리프팅을 선보였다.

윌트셔는 "그때 나는 8살 어린 아이에게 무서움을 느꼈다"라고 베컴의 어린 시절을 회상했다.

베컴은 지독한 연습벌레이기 때문에 지금도 발전하고 있고 그만한 인기를 누리는 선수인 것이다.

성공한 운동선수치고 연습벌레가 아닌 사람은 한 명도 없다. 아무리 훌륭한 재능을 타고났다고 하더라도 경기에 대한 감각은 연습을 통하지 않고서는 살아나지 않기 때문이다.

작은 노력, 작은 탐구가 모아져 세상을 움직이는 힘의 핵심으로 다가서게 한다.

그러면서 우리는 한 계단 한 계단씩 올라설 때마다 성취의 기쁨을 느낄 수 있는 것이다. 우리가 등산을 할 때 한 걸음, 한 걸음이 모아져서 어느 새 정상에 오르게 된다는 것을 생각하면 이해가 쉬울 것이다. 산을 오르기 시작할 때는 내가 과연 정상에 오를 수 있을까, 산에는 무엇하러 올라가는 것일까 하는 의구심에 휩싸여 있던 사람도 정상에 오른 순간 가슴이 탁 틔여오는 환희와 더불어 보이지 않던 세상을 내려다보게 되는 것이다. 힘들게 산의 정상을 올라본 사람은 지금 내가 하는 말을 잘 이해 할 수 있을 것이다.

그러므로 당신은 한 발, 한 발, 산을 오르는 심정으로 작은 탐구를 소홀히 하지 않는 습관을 함양해야 한다.

작은 일을 끈기 있게 열심히 하는 사람은 실패하는 법이 없다.

앤드루 매터스는 자신이 쓴 책 〈마음 가는 대로 해라〉에서 이렇게 말했다.

"새벽에 일어나서 운동하고, 공부도 하고, 사람들을 사귀면서 최대한으로 노력하고 있는데도 인생에서 좋은 일은 전혀 일어나지 않는다고 말하는 사람을 나는 여태껏 본 적이 없다."

자신이 무슨 일을 시작했건 끈기 있게 그 일을 해내는 것이 중요하다. 그 일은 남이 해주지 않는다. 당신이 자신의 꿈을 믿는다면, 주변에서 어떤 유혹이 있더라도 한 눈 팔지 말고 정진해야 한다. 그렇지 않을 경우 사물이 사람을 부리는 상황이 일어날 수 있고, 올바른 가치를 뒷전으로 하고 물질을 앞전으로 앉히는 결과를 만들 수 있다. 먼저 사람을 챙기고 사람을 존중하라.

이것이 성공적으로 자기 관리를 하는 비결이다.

인생에 왕도는 없다

사람들 중에는 지름길로 가는 것을 좋아하는 사람들이 많다.

사물이나 인간이나 새로운 것은 사람들의 관심을 고조시키기 마련이다.

그것이 일시적인 효과는 있을지 모른다. 그러나 새로운 것은 수명이 짧다는 것을 알아야 한다. 그것이 그렇게 획기적인 것이었다면 장구한 인류 역사를 통해서 왜 지금에야 발견되었단 말인가?

비만의 예를 들어 보자.

단 사흘 만에 5kg을 빼는 새로운 비법을 발견했다는 광고를 보고 현혹되어 그 약을 사먹거나 운동기구를 사는 사람들을 자주 본다.

비만이란 단지 영양의 과다로 인한 것이기 때문에 병이 아닌 한, 식사량을 줄이거나 운동량을 늘리면 간단하게 고칠 수 있다. 그것에는 별다른 방법이 있을 수 없다. 그런데도 사람들은 별의 별 약을 먹고 지방을 없애는 수술을 하는 등 난리법석이다.

공부의 경우도 마찬가지다.

영어의 예를 들면, 과거 수십 년 동안 영어를 빨리 배우고 확실하게 정복할 수 있다고 호언하는 교재가 매년 수도 없이 쏟아져 나왔다. 그리고 최근에는 멀티미디어 기능이 첨가된 전자사전 같은 첨단 장비들이 나와서 조금 개선되고 있기는 하지만 영어는 여전히 어려운 과목이다.

영어를 잘하는 비결은 아주 간단하다. 꾸준히 반복해서 학습하는 것 외에는 별다른 왕도가 없다.

가령 일상생활에 유용하게 쓰이고 있는 필수단어와 관용구, 파생어 등 5,000단어 정도를 완벽히 내 것으로 만들어 보라. 기본적인 5,000단어를 품사별 표현방법과 동사변화, 단어를 응용한 회화와 영작문을 풍부하게 알고 나면 영어의 기본은 끝난다. 그러나 사람들은 가장 기본적인 단어도 외우지 않고 영어를 잘하는 방법만을 찾아다닌다. 정말 부끄러운 일이 아닐 수 없다.

나의 아버지는 내가 어렸을 적에 이런 말씀을 종종 해주셨다.

"사람은 누구나 칼집을 가지고 있지. 그 칼집 속에는 명검이 들어 있어. 그런데 아무도 그 속에 그런 칼이 들어 있는 줄을 몰라. 어떤 사람은 그게 칼집인 줄도 모르고 죽어. 네가 진짜 훌륭한 사람이 되려면 칼집에서 그것을 꺼내 쓸 줄 알아야 한다."

♣ 새로운 삶을 위한 10가지 충고

1. 잘못을 반복하지 말라.

2. 자신의 입술을 조심하라.

3. 행동은 최선의 동기에 따르라.

4. 적게 말하고 많이 듣는 입장에 서라.

5. 예의 바른 사람이 되라.

6. 비밀을 누설하지 말라.

7. 타인을 쉽사리 판단하지 말라.

8. 매일 한 시간 이상 독서시간을 가지라.

9. 인내심을 가지고 기다려라.

10. 맡겨진 것에는 최선을 다하라.

제2장
자기만의 목표를 갖는다

성공하기로 결심한다
만약 이 세상에서 성공의 비결이라는 것이 있다고 하면,
그것은 타인의 관점을 잘 포착하여,
자기 자신의 입장에서 사물을 볼 줄 아는 재능, 바로 그것이다.
— B. 포드

성공하기로 결심한다

만약 이 세상에서 성공의 비결이라는 것이 있다고 하면,

그것은 타인의 관점을 잘 포착하여,

자기 자신의 입장에서 사물을 볼 줄 아는 재능,

바로 그것이다.

— B. 포드

결심한 만큼 행복해진다

"인간은 자신이 결심한 만큼 행복해진다."

링컨이 한 유명한 말이다.

나는 젊은 시절부터 두고두고 이 말을 진리의 말로 가슴에 새기고 있다.

사실 인간의 행복은 대부분의 경우 자신의 내부에서 비롯되는 것이지, 외부의 상황으로 비롯되는 것이 아니다. 사람은 누구나 행복해지기를 원하지만 그 행복을 얻는 방법은 단 하나밖에 없다는 것을 간과하고 있다.

그것은 자기의 감정을 마음대로 컨트롤할 수 있는 힘을 기르는 것이다. 행복이란 외적인 조건에 의해서 얻어지는 것이 아니라, 자기의 마음가짐에 따라서 얻을 수도 있고 놓칠 수도 있기 때문이다.

거듭 말하지만 행복이나 불행은 재산이나 지위에 따라서 결정되는 것이 아니다.

무엇을 행복이라고 생각하고 무엇을 불행이라고 생각하는가는 개개인의 사고방식에 따라서 나뉘어지는 것이다.

가령, 같은 곳에서 같은 일에 종사하는 두 사람이 있다고 가정해 보자.

두 사람은 비슷한 재산과 지위를 가졌음에도 불구하고 한 사람은 행복한 반면, 다른 한 사람은 불행한 경우가 있다.

왜 그럴까?

그것은 사고방식이 서로 다르기 때문이다.

한 사람은 인생의 목적이 무엇인지 구체적으로 생각도 해보지 않은 채 어쩌면 허겁지겁 순간에 맞추어 살고 있을 것이다. 그는 그저 막연하게 주위 상황이 변하는 것에 맞춰 '이런 저런 일을 하며 살고 싶다'고 생각하며 살고 있다. 그런 사람들의 대부분은 하루의 계획도 없이 그저 시간에 쫓기듯 산다.

그러나 다른 한 사람은 같은 시간에 같은 업무를 하더라도 여유 있게 일을 처리한다. 만약 그날 해야 할 일이 많다면 그 많은 일 중에서 우선순위가 있을 뿐이지 쫓길 이유는 하나도 없다. 그는 자기 인생의 목적에 맞추어 계획을 세우고 업무에 임한 탓에 시간에 쫓길 필요가 없는 것이다.

그는 계획을 너무 무리하게 세워 끌려 다니다보면 자신의 계획 아래에서 허덕일 뿐이란 것을 알고 있다.

여기서 두 사람의 행복과 불행은 나뉘어진다.

특별한 경우를 제외하고 어떤 일이든 끊임없이 쫓기기만 하는 경우는 드물다. 대개의 경우 각자 개개인에게 부여된 24시간 중에는 일할 시간, 휴식시간, 심지어 공부할 시간도 마련되어 있다. 아무리 혹독한 회사 시스템일지라도 사람이 숨쉬고 살아갈 수 있도록 마련되어 있다. 미리 준비된 사람은 느긋하게 일하는 반면 그렇지 못한 사람은 분주하게 시간에 쫓기면서 산다.

때로 우리에게는 늦장 부릴 여유도 필요하다.

현대 사회는 생각치도 않은 해프닝이 발생하는 것이 상례다. 정해진 약속장소에 시간에 맞추어서 도착해야 하는데 갑자기 차가 막힐 수도 있고, 퇴근시간에 중요한 약속이 있어서 바삐 나가는데 직장상사가 느닷없이 일을 맡길 수도 있다. 계획은 이러한 해프닝마저 감안하여 여유 있게 세워야 한다.

계획은 세우는 그때 당시뿐만 아니라 1년 365일 내내, 때때로 찾아오는 해프닝까지도 커버할 수 있어야 한다. 보다 나은 여유 있는 계획은 여유 있는 생활을 보낼 수 있게 한다. 그러한 것은 남이 아닌 바로 나 자신이 결정하는 것이다.

젊은 시절, 베토벤은 절망하기 시작했다. 사랑하던 여인이 떠나버렸고, 친구들과의 말다툼으로 상처받는 날이 많아졌다. 게다가 난청이라는 불청객은 훌륭한 음악가를 꿈꿔왔던 그의 삶 전체를 송두리째 뒤흔들었다.

답답한 현실의 무게를 견딜 수 없었던 베토벤은 인근에 있는 수도원을 찾아갔다. 그곳에는 사람들의 존경을 한 몸에 받고 있는 수도승이 있었다. 베토벤은 자신의 처지를 하소연하며, 제발 나갈 길을 보여 달라고 눈물로 애원했다. 그러자 수도승은 방 안으로 들어가 나무 상자 하나를 들고 나왔다.

"여기서 유리구슬 하나를 꺼내보게."

베토벤의 손에 검은색 구슬이 쥐어져 나왔다. 수도승은 다시 한 번 구슬을 꺼내보라고 했다. 이번에도 역시 검은색 구슬이었다. 수도승은 인자한 미소를 머금고 그를 바라보았다.

"이보게, 젊은이. 이 나무 상자 안에는 열 개의 구슬이 들어 있는데, 그 중 여덟 개는 검은색이고 나머지 두 개는 흰색이라네. 검은색 구슬은 불행과 고통을 뜻하고, 흰색은 행운과 희망을 의미하지. 이것은 누구에게나 열려 있는 운명일세. 어떤 사람은 조금 더 운이 좋아 빨리 흰색을 뽑음으로써 행복과 성공을 붙잡기도 하지만, 자네처럼 연속해서 검은 구슬을 뽑기도 한다네. 하지만 검은 구슬을 많이 뽑을수록 다시 도전했을 때 흰 구슬을 뽑을 확률이 높아지는 걸세. 중요한 것은 아직도 여덟 개의 구슬이 자네 앞에 남겨져 있고, 그 속에 분명 두 개의 흰 구슬이 있다는 거야. 좌절하지 않고 다시 도전한다면 반드시 흰 구슬을 잡게 될 걸세."

가장 중요한 인생 계획표

10대에 인생 계획표를 잘 짠 사람은 실패하는 법이 없다. 그것은 이미 자신의 앞날을 내다보고 운명을 개척해 나갈 힘을 가지고 있기 때문이다. 인생 계획표는 자기 자신의 인생에 대한 결심이라고 할 수 있다.

그러니 스스로 인생 계획표를 직접 만들어 보라.

당신의 인생은 미래에 대한 올바른 선택을 하는 능력이 있느냐 없느냐에 따라 결정된다고 할 수 있다. 올바른 선택을 하려면 자기 자신을 냉정하게 분석하고 사물을 정확히 식별하는 뛰어난 안목과 지성, 그리고 미래를 분석하는 예리한 판단력이 필요하다.

10년 후의 나는 어떻게 변해 있을까?

20년 후에 나는 어디에서 무엇을 하고 있을까?

이런 의문을 가지고 인생 계획표를 짜보도록 하자.

10년 후, 20년 후 과연 당신은 자신이 원하는 일을 하고 있을까?

20대가 되면 좋든 싫든 우리는 사회에 첫발을 내딛기 시작한다.

그리고 10년이 지나 30대에 이르면 어느덧 사회의 한 구석에서 자신만의 자리를 잡고 있을 것이다. 30대를 바라보게 되는 어느 날, 10년 전에 짜 보았던 계획표대로 자신이 살게 되었는지 돌이켜보는 자신을 머릿속에 그려보라.

이것은 정말 흥미진진한 일이다.

아마 자기 자신의 재능을 정확하게 알고 계획표를 짰다면 목표에 가까운 삶을 살고 있을 것이다.

그런데 그 인생 계획표를 짜는 데 몇 가지 참고할 일이 있다.

그 첫째는 시대의 흐름에 순응하라는 것이다.

21세기 세계는 너무나 많은 것들이 너무나도 빨리 변하는 시대이다. 그 변화의 흐름을 제대로 읽어 나갈 수 있는 능력을 갖추어야 한다. 아무도 시대의 흐름을 거슬러 올라갈 수는 없기 때문이다.

둘째는 근면해야 한다는 것이다.

아무리 훌륭한 재능과 뛰어나고 명석한 두뇌의 소유자라고 하더라도 게으름을 피우면 아무 소용없다. 부지런히 노력하는 자만이 성공을 거머쥘 수 있다.

근면과 재능. 두 가지를 다 겸비한다면 훌륭한 사람이 될 수 있다. 평범한 머리를 가진 사람도 근면하다면 게으른 사람보다 더 앞서 나아갈 수 있는 것이다.

셋째는 자신의 주요한 결점을 알아야 한다는 것이다.

아무리 훌륭한 재능을 가지고 있는 사람이라도 단점을 가지고 있게 마련이다. 자신의 큰 결점을 확실히 아는 것은 아주 중요한 일이다. 스스로 자신의 주인이 되려면 자신을 철저히 알아야만 한다. 우선 자신 속에 있는 나쁜 세력을 굴복시킨다면 다른 것들은 전혀 문제가 되지 않을 것이다.

그런 후, 10년 후의 모습을 그려보라.

만약 목표를 달성할 수 있다면 당신은 훌륭한 성인이 되어 있을 것이다. 자신이 원하는 분야가 무엇이건 그러한 자신의 초상화를 미리 그려두는 것이 좋다. 그리고 그 꿈을 끊임없이 열망하라. 인생에 있어서 꿈을 열망하는 것이 얼마나 소중한 일인지는 말할 필요도 없다.

거듭 강조하지만 열망만 가지고는 아무것도 되지 않는다.

사람들 중에는 자신의 인생을 남의 인생처럼 관전하거나 타인에게 의존하는 사람도 있다.

그것은 그들 대부분이 10대에 자신의 인생 계획표를 제대로 만들지 못하고 허송세월을 보냈기 때문이다. 자기 인생에 대한 확고한 시간표를 갖지 못한 사람은 단 한 발짝도 앞으로 나가지 못한 채 인생의 대부분을 허비하고 만다.

그것은 그 사람의 불행이자 비극이다.

자, 이제 10대에 할 일, 20대에 할 일, 30대, 40대… 에 할 일의 큰 밑그림을 가지고 그려보자.

무엇인가 희미한 영상이 잡힐 것이다. 당신의 노력 여하에 따라 점점 구체적인 모습을 보이게 될 것이다. 만약 아직까지 그런 영상이 떠오르지 않는다면 그것은 아직까지 자신의 꿈에 대한 열망이 적은 탓이다. 기도하는 마음으로 자신의 꿈을 키우고 자신의 미래를 찾도록 노력하라.

자신의 꿈을 성공적으로 이루고 싶다면 자신이 가고자 하는 목표 지점을 확실히 선택해 놓아야 한다.

어떤 목표를 세워야 하는가?

성공한 사람들에게 성공의 비결을 물어보면 대부분 목표라고 대답한다. 목표란 그만큼 중요하고 기본적인 것으로, 목표를 세우는 데 있어서만큼은 시간을 투자할 가치가 있다. 목표가 없다면 시간도 무의미하게 지나가 버리기 때문이다.

1. 실현 가능하게

성공하는 사람들은 야심적이긴 하지만 현실적인 목표를 세운다. 반면, 몽상가는 비현실적인 목표를 세운다. 그들은 마치 언덕 꼭대기에 도달하지 못하고 올라갔다 내려오는 롤러코스터를 타고 있는 것과 같다.

2. 측정 가능하게

경기장 라인, 심판, 점수판, 시계도 없고 팀도 나뉘어져 있지 않은 축구 경기를 상상해 보라. 그 경기는 단지 일군의 선수들이 볼을 주고받고 충돌하는 것이 고작일 것이다. 잠시 동안 그것을 지켜본다면 재미있을 수도 있다. 그러나 시간이 지날수록 아무런 흥미도 느끼지 못한 채 혼란스럽기만 한 경기에 실망한 나머지 팬들은 결국 경기장 밖으로 나가 버릴 것이다. 선수들 또한 동기를 잃어버리고 어찌할 바를 모르게 될 것이다. 분명하고 측정 가능한 목표 없이 일하는 것은 실제로 앞에서 상상해 본 축구 경기처럼 생산적이지도 않을 뿐더러 매력도 없다. 자신과 다른 사람들의 동기를 부여하기 위해서는 반드시 측정 가능한 목표가 필요하다.

3. 눈으로 볼 수 있게

눈으로 볼 수 있게 씌어진 것은 증명하는 데 있어 특별한 힘을 발휘한다. 목표를 글로 써서 다른 사람에게 읽게 하면 우선순위에 있어 권위, 책임, 지속성을 보장받게 된다.

4. 책임을 분명하게

책임이 분명하지 않으면 목표는 사라지고 잊혀진다. 때로는 여러 과정을 거치면서 자신과 타인을 위해 세운 목표가 변질될 수도 있다. 설사 그렇더라도 당신은 목표를 성실하게 고수해야 한다.

5. 마무리는 분명하게

어떤 일을 할 때 마무리 할 날을 정해 두면 목표달성 가능성이 훨씬 더 높아진다. 만약 다른 사람에게 그러한 것을 공표해 놓으면 그만큼 책임감이 높아지기 때문에 더욱 그러하다. 항상 목표시간을 명확히 설정하고 정기적으로 진행과정을 점검하도록 하라.

보다 구체적인 목표를 세워라

목표가 구체적이고 명확할수록 달성할 가능성은 훨씬 높아진다. 목표의 예는 다음과 같다.

"나는 이번 수학 시험에서 85점을 받았는데 다음 번에는 90점으로 올린다."

"나는 한 달에 최소한 2권 이상의 교양서적을 읽는다."

이처럼 목표를 설정하고 그것을 실현해 나가기 위해서는 기술이 필요하다.

목표를 세웠어도 진보가 되지 않는 이유는 너무 많은 목표를 한꺼번에 실현하려는 과도한 욕망 때문일 경우가 많다. 물론 도전적인 목표들을 세우는 것은 좋은 일이다. 그러나 그중 몇 가지는 좀 낮게 세워서 쉽게 그리고 빨리 달성하도록 하자. 그렇게 하면 성취감을 느끼고 다음에는 더 잘하려는 충동이 자연스럽게 생기게 된다.

규칙적으로 끈기 있게 하는 것이 장기적으로 얼마나 큰 효과를 내는가는 경험해 본 사람은 잘 알 것이다. 끈기 있다는 것은 열정과 함께 모든 이의 성공의 원인이 된다.

성공한 사람들은 누구보다도 뚜렷한 인생의 목표를 정해 놓고 있으며 그 목표를 따라 추호의 흔들림도 없는 삶을 살고 있다.

예를 들어, 발명왕 토머스 에디슨은 자기가 세운 목표를 이루지 못하면 며칠이 걸리든지 연구실에서 나오지 않고 연구에 매달렸다. 그리고 마음먹은 연구 결과가 나와야만 연구실을 나오곤 했다. 그는 꼬박 일주일 동안 연구실에서 밤을 새워가며 그 목표에 매달린 적도 있다.

성공한 사람들은 철저한 계획을 세우고 그것을 실천할 마음의 준비를 미리 한 사람들이다. 그들은 일찍부터 자신의 재능이 무엇인지를 알고 그 재능을 개발해서 인생의 목표를 세우고 그 일에만 매진한 사람들이었다.

성공한 사람들은 목표를 철저하게 달성한 사람들이다. 그러한 사람들은 담대한 마음가짐으로 항상 모든 일을 긍정적으로 생각한다. 그들에게는 세상을 바꿀 수 있다는 신념과 열정이 있다. 또한 뛰어난 직관을 가지고 있으며 남들이 생각하지 못한 번득이는 아이디어를 만들어 낸다. 따라서 자기 분야에서 남에게 지는 일을 극도로 혐오하고 싫어한다.

그들은 주변에서 일어나는 사소한 일 따위에는 눈도 돌리지 않을 정도로 초연하다. 자기 분야의 일인자가 되기 위해서 나머지 것들은 거들떠보지도 않는다. 어떠한 난관에 부딪치더라고 그 계획에 따라 철저하게 자기 자신을 투입하고 한 번도 실패한다는 생각을 하지 않는다.

그들은 기본에 충실한 삶을 살고 있으며 누구보다 부지런하다, 특히 혼자 있는 시간을 헛되이 보내지 않고 소중히 여기며, 고독을 즐기고, 그 시간에 책을 읽거나 명상에 잠겨서 자기 자신을 점검하는 시간을 갖는다. 혼자 있는 시간을 잘 활용하는 사람은 성공에 이르는 지름길을 잘 알고 있는 사람이다.

그래서 나는 당신에게 혼자 있는 시간을 잘 활용할 것을 부탁하고 싶다.

혼자 시간을 가지고 그 취미를 즐길 수 있는 기회를 많이 만들어 보라.

그리하여 자신의 내면을 들여다보는 시간을 많이 가져라. 그러면 대부분의 사물은 그 외면보다 판이하게 다른 자신의 내면을 드러내 보여 줄 것이다. 그리고 껍데기만 보이던 착각에서 벗어나 사물의 내면과 대화를 나눌 수 있게 될 것이다.

그렇게 되면 당신은 세상의 겉모습에 대한 착각이 사라짐에 따라 피상적인 것에 현혹되지 않고 참다운 생각과 그에 따르는 결정을 할 수 있게 될 것이다. 이것은 자신에게 맞는 취미를 발견하는 것과 마찬가지 일이다. 용기를 갖고, 자신이 사는 의미와 보람을 스스로 발견하도록 노력하기를 당부하고 싶다.

목표에 너무 욕심을 두지마라

여기서 명심해야 할 것이 있다. 너무 계획을 조밀하게 짜지 말라는 것이다. 지나치게 조밀한 계획을 세우게 되면 인간적인 삶을 사는 것이 아니라 기계처럼 변할 수도 있기 때문이다. 성공했다고 하는 사람 중에서 인간미를 느끼지 못하는 사람들을 종종 보게 되는데 그들은 성공한 것이 아니라 성공의 노예처럼 보이기도 하기 때문이다.

퇴계 이황은 〈나를 내 자신의 밧줄로 얽매지 않는다〉는 글에서 이런 말을 하고 있다.

자신에게 채찍을 가하기 위해 짜여진 일과표에 너무 욕심을 낸 나머지 계획표만 보아도 초조해지거나 잠재의식 속에 불안감이 팽배해져 얼마 가지 않아 자신의 성취도로 시작된 일에 자신조차 감당하지 못하고 쫓기는 신세가 되고, 이윽고 새장에 갇힌 꼴이 되어 아무것도 할 수가 없게 된다. 이렇게 되면 형무소에서 생활하고 있는 것과 마찬가지로 자신의 생활이 자신의 것이 되지 못한다. 시간을 체크하다 보면 예기치 않은 약속이 생기거나 오차가 생겼을 때 여유가 없어지고 무엇을 하기 위해, 하지 못한 것에 대해서 온 정신을 빼앗기게 된다. 이 정도면 자신이 짜놓은 프로그램이 아니다. 뒤늦게 오판을 깨닫고 의식적으로 자신의 계획을 뒤바꾸어 사태 개선에 조금도 도움이 되지 않을 것이다. 더욱 좋지 않은 것은 자신이 무리하게 계획했던 것을 깨끗이 관철시키려는 집착이 아니라 근본적으로 너무 무리한 욕심을 부려 계획을 세운 일인 것이다. 유일한 개선책은 여유가 있는 계획으로 다시 계획을 세우는 것이다. 상황에 맞게 살자. 우리의 행동도, 생각도 그 상황에 맞추어 이루어져야 한다. 할 수 있을 때까지 추구하자.

이것은 자신의 목표에 임해야하는 자세를 명확하게 설파해 놓은 대학자의 예지를 고스란히 보여주는 말이다.

새로운 시대를 인식하라

닭 울음소리는 모든 통금(通禁)을 해제한다.
어둠에서 새벽을 잇는 다리,
한 시대가 다른 새로운 시대로 가는 다리를 놓는 청부업자가
바로 닭이다.

—이어령 /차 한 잔의 사상

거꾸로 생각하라

한때 우리나라에서는 '거꾸로 읽기'란 제목을 가진 책들이 베스트셀러가 된 적이 있다. 유시민의 〈거꾸로 읽는 세계사〉를 비롯해서 〈거꾸로 읽는 한국사〉, 〈거꾸로 읽는 삼국지〉, 〈거꾸로 읽는 그리스 로마 신화〉 등 많은 '거꾸로' 책들이 쏟아져 나왔다. 그런 책들은 기존의 관념을 바꾸어 놓았고 뒤집어 생각하는 유형의 사고를 크게 유행시켰다.

사람들은 그동안 아무 생각 없이 대하던 사물이나 사실들을 뒤집어 보고 다시 생각하기 시작했다. 잠자던 의식이 깨어나고 새로운 현실, 모르던 진실을 마주 대하게 된 것이다.

나는 이런 역발상이 아주 필요하다고 생각한다.

역사상 가장 큰 역발상은 아무래도 코페르니쿠스의 지동설일 것이다.

코페르니쿠스는 역발상으로 기존의 과학 이론에 도전해서 인류사의 방향을 바꾸어 놓을 만한 새로운 이론을 만들어내는데 성공한다.

코페르니쿠스는 이탈리아 유학 중, 1400년 이상 유럽을 지배해 오던 프톨레마이오스의 천동설의 문제점을 알게 되었다. 당시의 교회력(教會曆)인 율리우스력은 절기가 실제보다 10일 정도 늦게 오고, 원양항해자가 천문항법(天文航法)을 이용해 항해를 할 때, 천체 위치가 정확하지 않아 항해는 심각한 위협을 받고 있었던 것이다.

코페르니쿠스는 태양으로부터 수성·금성·지구·화성·목성·토성 등의 행성들이 배열되어 있고, 각 행성들은 일정한 속도를 가지고 태양 주위를 원운동을 하면서 돌고 있다는 것을 발견했다. 이 이론은 지구가 우주의 중심이라는 기존의 생각을 바꾸어 놓았다.

그는 이 지동설에 관한 연구를 〈천체의 회전에 관하여〉라는 책에 담았는데 교회의 교리에 위반되는 지동설이 교회의 박해를 불러올 것이 두려운 나머지 발표를 미루다가 친구와 제자들의 권유에 의해서 마침내 출판을 한다.

그 후 그의 지동설을 신봉했던 많은 사람들이 교회로부터 모진 박해를 받았으나, 결국 그의 학설에 의해 근대 천문학의 기초가 열렸다.

나는 여기서 우리에게도 획기적인 '코페르니쿠스적 발상'이 필요하다고 생각한다.

당신도 이런 과감한 역발상의 사고를 본받는다면 새로운 시대를 이끌 대담하고 당찬 사고를 가질 수 있다.

예측하고 준비하라

빌 게이츠와 폴 앨런은 고등학생 시절에 컴퓨터가 소형화되어 각 직장과 가정의 책상 위에 놓이게 될 것을 예상하고, 마이크로소프트사를 차리고 자신들의 인생을 거기에 걸었다. 그 예상은 적중했고 불과 20년 만에 그들은 세계 제일의 갑부가 되었다.

성공한 사람들은 예민한 감수성과 뛰어난 직관력을 가지고 있다. 특히 자기분야의 일에서는 동물적인 감각을 가지고 있다. 그런 감각이야말로 그들만의 천부적인 재능이라고 할 수 있다. 한 가지 일에만 몰두하여 몰입의 경지에 이를 때, 그 감각은 더욱 빛을 발하고 가장 큰 창조적인 작업들이 이루어지는 것이다.

당신은 미래의 일을 예측하고 상황을 분석하는 취미를 가지는 것이 좋을 것이다. 그렇게하면 실전에 임해서 과감하게 행동할 수 있는 지혜를 얻게 될 것이고 그 예측력은 성공을 이끄는데 결정적인 도움이 될 것이다. 능동적인 사고와 명상의 시간을 통해서 예측의 습성을 길러 보도록 하라.

아주 간단한 아이디어 하나로

또 한 사람, 사업적인 면에서 뛰어난 직관력으로 커다란 성공을 거둔 사람으로 월마트의 창업자, 샘 월튼을 들 수 있다.

그는 1962년 미국 아칸소Arkansas주의 인구 5천명도 안 되는 소도시 로저스Rogers에서 소매점으로 시작해서 40년 만인 2001년 총매출액 2천 200억 달러를 달성하는 세계 제1위의 기업을 만들어 냈다.

샘 월튼이 월마트를 시작하게 된 것에는 아주 간단한 아이디어 하나 때문이었다.

그는 어느 날 사업을 구상하다가 앞으로는 소비자들이 보다 편하고 다양한 서비스를 원하는 시대가 될 것이라고 예상하였다. 그리고 '항상 소비자의 편에 서야한다' 는 생각으로 그것을 철저하게 실천에 옮겼다.

그는 우선 미국 내의 대규모 유통업체들이 대도시에만 몰려 있다는 것을 착안했다. 당시 유통 마켓이 없는 작은 마을 사람들은 차를 몰고 대도시로 나가서 물건을 사오거나 자기마을 가게에서 비싼 가격에 물건을 사야했다.

샘 월튼은 인구 5,000명 이하의 마을을 선정하고 원가를 낮추기 위해서 창고형 매장을 만들어서 생산자들로부터 아주 저렴한 가격에 물건을 받아 미국 내에서 가장 싼 가격으로 팔기 시작했다.

주민들의 반응은 대단했고 이런 고객밀착전략이 성공을 거두자 샘은 여세를 몰아 대도시로 진출하여 엄청난 성공을 거두었다.

현재 월마트는 전 세계에 4,600여개의 점포를 가지고 있다. 제조업이나 금융산업이 아닌 순수한 소매점으로 4년 연속 세계 최고의 매출을 올리는 세계 최대의 기업이다.

마이크로 소프트나 월마트의 예를 통해 알 수 있듯이 새로운 시대를 제대로 인식하고 미래를 예측하는 사람들은 부와 명예를 한 손에 거머쥘 수 있다.

아무리 어려운 시대가 와도 앞날을 내다볼 줄 아는 사람에게는 하나도 힘들 것이 없다. 오히려 그들은 준비된 지식과 역량을 발휘하여 그 시대를 자기의 것으로 만들 수 있다.

자신에게 맞는 직업을 찾아라

나는 세상에서 가장 신나는 직업을 갖고 있다.

매일 일하러 오는 것이 그렇게 즐거울 수가 없다.

거기엔 항상 새로운 도전과 기회와 배울 것들이 기다리고 있다.

만약 누구든지 자기 직업을 나처럼 즐긴다면

결코 탈진되는 일은 없을 것이다.

— 빌 게이츠

30년 후를 내다 볼 수 있는 능력이 있어야 한다

자신에게 맞는 학과나 직업을 선택하는 데는 무엇보다도 시대를 읽을 줄 아는 힘이 있어야 한다. 아무리 특출난 인물이라도 시대에 부합하지 못하면 성공할 수 없다.

그러므로 적어도 30년 후를 내다 볼 수 있는 능력이 있어야 한다.

우리는 지금 21세기 디지털 시대에 살고 있다.

21세기는 지나간 어느 시대보다 변화가 많고 가치관이 요동치는 시대다.

당신은 이 시대를 움직이는 산업의 변화에 주목해야 한다.

사라져 가는 직업이 무엇이며 새롭게 떠오르는 직업이 무엇인지를 알아야 한다. 그리고 거기에 자신의 평생을 바칠 각오가 되어 있어야 한다.

당신이 지금 생각하고 있는 학과들은 대개 현재 인기가 높은 학과일 것이다.

그러나 그 인기 학과가 오늘의 눈으로 보는 인기 학과일 뿐이라면 문제가 있다. 과연 나는 얼마나 제대로 미래를 내다보고 결정을 내린 것인가 다시 한 번 생각해야 한다.

당신이 성숙한 직업인이 되어 세계를 누비고 다닐 10년 후, 20

년 후에 세계는 어떤 모습으로 변해 있을까?

전공분야를 결정하는 데 이것이 가장 중요한 기준이 되어야 한다.

20세기를 주도한 제조업은 21세기에는 지식산업으로 대체되었다.

당신은 지식산업 분야에서 자신에게 맞는 유망분야를 찾아야 한다.

21세기는 정말 다양한 사회 현상이 벌어지고 있다.

노령화 사회는 전 지구적으로 확산되고 있으며 여성의 사회진출 또한 가속화되어 거의 대등한 수준의 남녀평등 사회가 구현되고 있다. 거기에 로봇과 인공지능 컴퓨터가 사회의 많은 부분에서 인간의 역할을 대신하고 있어 새로운 법률적 지식과 그와 관련된 보험, 상담, 심리치료, 사회복지 관련 직종 등, 전에는 전혀 듣지도 보지도 못했던 전문분야의 일들이 생겨나고 있다.

직업은 일차적으로 생계유지의 수단이다.

그래서 과거 전통적 사회에서는 직업을 선택하는 데 있어서 개인의 의사와는 관계없이 부모로부터 물려받거나, 또는 국가로부터 주어졌다. 과거의 직업은 자신의 신념의 표현이거나 의지의 표현이라기보다는 단지 밥벌이 수단에 불과했을 뿐이다.

그러나 21세기에는 직업을 선택할 수 있는 자유가 우리들 앞에 주어졌다. 당신은 자신의 적성, 성격, 흥미 그리고 가치관에 따라서 다양한 직업을 개인의 뜻에 따라 선택할 수 있는 시대에 살고 있다. 과거의 전통사회처럼 단지 밥벌이나 생계수단으로써가 아니라 직업을 통해서 자신의 진정한 모습을 표현하고 타고난 능력을 최대한 발휘하며 직업을 통하여 사회에 최대한 봉사할 수 있는 여건이 주어진 것이다

당신은 자기 자신에게 특별하게 주어진 재능과 능력을 가장 적합한 직업을 통하여 최대한 발휘할 때 자아실현을 이룩할 수 있을 것이다.

올바른 직업 찾기

통계에 의하면 직장인의 대다수가 자신의 직업에 만족하지 못하고 있다.

2007년 5월, 취업 사이트 '스카우트'가 1,008명의 직장인을 대상으로 '현 직장 업무 만족도'를 조사했다. 그 결과 응답자의 75.1%가 만족하지 못한다고 대답했으며 불만족 65.5%, 매우 불만족 9.6%였다. 그리고 30대 이후에 실업자가 될 가능성에 대해서 묻자 응답자의 81.2%가 그렇다고 답했다.

그런데 놀라운 것은 79.5%가 거기에 대해서 뚜렷한 대책을 가

지고 있지 못한 것이었다. 62.3%가 걱정은 하고 있지만 구체적 대책이 없다, 17.2%가 대비책이 전혀 없다는 것이었다. 그렇게 불만이 있는 사람이 뚜렷한 대책도 없다는 것이 놀랍기만 하다. 이 결과를 보면 대부분의 직장인들이 직장생활에 만족하지 못하지만 떠나지도 못한다는 것이 현실이다.

18살인 지금, 목표를 잘못 설정하면 이런 일이 당신에게도 일어날 수 있다는 것을 명심해야 한다.

앞에서도 이야기했지만 대부분의 사람들은 자기들의 타고난 재능이 무엇인지도 모르고 일생을 보내는 경우가 있다. 그들은 자신의 재능이 무엇인지 심각하게 생각해 보지도 않고 TV나 영화에 등장하는 멋진 것들에 매혹되어 기분 내키는 대로 자신의 미래를 내던진다. 그러면서 막연하게 성공이 자기 손에 잡힐 것이라고 믿고 있다. 그런 사람들은 좋은 기회가 와도 자신의 특기를 살리지 못하고 나중에 뼈아픈 후회를 한다. 그러나 그들이 그런 후회를 할 때는 이미 늦은 것이다.

당신은 그러한 선택을 하지 않기를 바란다.

인생은 자기 자신의 일을 선택하는 능력이 있느냐 없느냐에 따라 거의 결정된다고 할 수 있다. 잘못된 선택을 하지 않으려면 뛰어난 안목과 양식, 그리고 바른 판단력이 요구된다. 지성이 넘쳐흐르고 노력을 아끼지 않는 것만으로는 불충분하다. 사물을 정확히 식별하고 올바른 선택을 할 수 없으면 인간으로서의 완성도 바랄 수 없다.

우리 주위에는 명석한 두뇌와 풍부한 지식, 창의력을 가지고 있고, 부지런한데도 막상 선택의 단계에 이르면 실패하는 사람이 의외로 많이 있다.

왜 그럴까?

자기 자신에게 맞는 가장 좋은 길을 선택하는 능력이 부족하기 때문이다. 그들은 그것이 아주 간단한 문제라는 것을 모르고 있다.

자신의 재능을 창조한 철강왕 카네기

사업가로서 20세기 문명에 지대한 영향을 끼친 철강왕 카네기의 일화다.

어느 날 소년공에서 시작하여 철강 사업으로 세계 굴지의 부호가 된 카네기에게 신문 기자가 찾아와 말했다.

"성공의 비결이 무엇이었는지, 젊은이들을 위해 말씀 좀 해 주십시오."

카네기는 웃으면서 대답했다.

"어떤 직업을 택하든 끊임없이 그 직업의 일인자가 되겠다고 다짐하는 것입니다. 그 직장에 없어서는 안 될 사람이 되라는 뜻이죠. 그것은 내 체험에서 얻은 확신입니다."

"그 체험을 구체적으로 말씀해 주시겠습니까?"

"나는 집이 가난해서 열두 살에 방적 회사의 화부(火夫)로 취직했습니다. 공장에서 제일가는 화부가 되겠다고 결심하고 열심히 일했지요. 내가 성실하게 일하는 태도를 보고 어떤 사람이 우편배달부가 되도록 추천해 주었습니다. 그때도 나는 미국에서 제일가는 우체부가 되겠다고 결심하고 한 집 한 집의 번지와 이름을 암기했기 때문에 배달 구역 내에서라면 모르는 골목이 없을 정도가 되었지요. 이런 노력이 결코 헛되지 않아 나는 사람들에게 인정받는 우편배달부가 되었답니다. 그것을 높이 산 사람이 또 나타나 곧 전신기사로 채용되었지요. 거기에서도 역시 일인자가 되겠다는 각오로 노력을 게을리 하지 않았기 때문에 결국 오늘의 철강왕이 될 수 있었지요."

어린 시절의 카네기는 자기의 적성이나 소질 따위를 생각할 겨를도 없이 먹고살기 위해서 일을 해야 했다. 카네기는 그런 환경 속에서 최고가 되는 길만이 성공할 수 있는 방법이란 것을 몸으로 체득하고 실천에 옮긴 것이다.

어떠한 환경에 놓이더라도 최선을 다하면 그 분야의 최고가 될 수 있다는 것을 그는 온몸으로 증명한 사람이다.

요즘이야 생활환경이 나아져서 자신의 재능에 맞는 학과를 선택하고, 거기에 맞는 직장과 직업을 선택할 수 있게 되었지만, 얼마 전까지만 해도 태어나는 것 자체로 운명이 결정되던 시기가 있었다는 것을 우리는 명삼해야 할 것이다.

그리고 아직도 많은 사람들이 어려운 환경 때문에 젊은 카네기처럼 밑바닥을 더듬고 살고 있다는 것을 알아야 한다.

아직도 많은 사람들이 사회 · 역사적으로 크게 성공한 사람들은 원래 천재적인 재능을 타고 태어났기 때문이라고 생각한다. 하지만 우리 주위에는 아직도 카네기처럼 역경을 딛고 일어나 최선을 다하는 것으로 자신의 존재를 밀어 올린 사람들이 더 많다.

물론 가장 행복한 사람은 일찍부터 자신의 재능을 알고 그것을 개발하여 자기 분야의 최고봉에 이른 사람일 것이다. 따라서 당신은 카네기에 비해서 좀 더 자유로운 환경에서 태어나 앞날을 자기 마음대로 꿈꿀 수 있다는 것을 행복이라고 생각하고 최선을 다해 자신의 재능을 개발해야 할 것이다.

자기 분야에서 프로가 된다

내 밑바닥에 있는 것은 '악바리' 기질이다.
젊은 사람이 할 수 있는 것은
최후의 하나까지 버티는 자세와 근성이다.
아무리 무리가 된다 싶어도 끝까지 도전하는,
하나의 방법이 먹히지 않으면 다른 방법으로도 시도해 본다.
그러면 스스로 길을 개척할 수 있는 것이다.

— 미즈타니 지로

미래를 준비하는 프로정신

진정한 프로는 미래를 준비하는 사람이다.

당신은 18살인 지금 미래를 생각하고 있으므로 훌륭한 프로가 될 기회를 얻었다고 할 수 있다.

앞으로 어떤 일에 종사하게 되더라도 자신이 할 일을 미리 파악하여 결과를 예측할 수 있을 정도의 능력을 발휘해야만 사람들로부터 프로라는 호칭을 들을 수 있을 것이다.

프로는 항상 시간을 절약하고 집중해 자신의 일 속에서 역량을 극대화하기 위해 노력한다. 그는 일의 완성도를 향상시키기 위한 자기 전략을 갖고 있고 결코 어떤 결과에도 만족하지 않는다. 좀 더 최선을 다하고 잘 진행할 수 있었더라면 더 좋은 결과를 가져왔을 텐데 하고 욕심을 부리는 사람이 프로이다.

지미 카터는 해군 장교시절 상관인 해군 제독에게 업무상의 잘못으로 크게 질책을 받은 적이 있다.

"귀관은 왜 최선을 다하지 않았는가?"

그 후, 카터는 늘 그 제독의 말을 머리에 떠올리곤 했다. 그리고 최선을 다하는 것이 무엇인가를 생각했다.

그리하여 그는 대통령의 꿈을 이루기 위해서 대통령 출마 10여 년 전부터 참모들을 스카우트하고 미래를 위해 준비하기 시작했다.

그는 미국 각지를 돌아다니며 홍보, 공보, 정책 전문가 등 브레인으로 쓸 만한 사람들을 모았고 마침내 1976년 대통령 선거에서 승리를 거머쥔다.

무명의 정치인이었던 카터가 대통령이 된 뒤에는 이러한 숨은 노력과 준비가 있었던 것이다.

나는 그것을 프로정신이라고 본다.

그가 이미 10년 전부터 각 분야 프로들을 모으기 위해서 스스로 프로정신을 발휘하였기 때문에 그는 대통령이 될 수 있었던 것이다.

나는 당신에게 이런 프로정신을 함양하고 발휘하라고 강력하게 권하고 싶다. 준비된 자에게는 어떠한 상대도 당할 수 없다는 것이 세상의 진리다.

진정한 프로란?

여기서 나는 프로, 즉 성공한 사람들을 이렇게 정의 하고 싶다.

성공한 사람들은 자기가 세운 목표에 대한 뛰어난 실천력을 가지고 있다. 불타는 열정과 강한 추진력, 놀라운 집중력으로 그들은 목표를 향하여 돌진한다. 그들은 자기에게 주어진 재능을 100% 활용하기 위해서 노력하며, 항상 메모하고 기록하면서 평생 공부하는 자세를 견지한다. 자기에게 주어진 임무에 대해서는 솔선하여 비전을 제시하고, 사회 정의의 편에 서서 일을 추진한다. 그들은 자신의 목표를 향해서 강력한 추진력을 가지고 밀어붙이지만 결코 과정을 무시하지는 않는다. 그들은 자기 분야에 있어서는 물러서지 않으며 주도권을 가지고 용감하게 돌진한다. 또한 어떠한 난관을 만나도 굴하지 않고 인내하며 때를 기다릴 줄도 안다. 그들은 그 속에서 해방과 창조의 기쁨을 누리고 고결한 영혼을 획득하는 것이다. 그들은 만약 실패를 하더라도 실패를 인정하지 않고 시련과 역경을 딛고 일어선다. 성공한 사람들은 죽음의 순간에도 최선을 다하는 미덕을 가지고 있다. 그리하여 그들은 성공한 사람으로 역사에 이름을 남기게 되는 것이다.

연습과 인내의 힘

아무리 프로라고 해도 늘 성공을 거둔다는 법은 없다. 야구 선수는 3할 대가 넘으면 훌륭한 선수로 대우를 받고, 홈런 타자일 수록 삼진 아웃이 많다는 것을 기억하라.

성공한 사람들 중에는 젊은 시절에 빛을 보지 못하다가 나이가 들어 뒤늦게 성공하는 늦깎이가 종종 있다. 그들의 젊은 시절을 들여다보면 비참할 정도로 가난하고 힘들었던 순간들이 점철되어 있음을 알 수 있다.

하지만 그들은 자신의 목표를 잃지 않았고, 인내를 가지고 그 목표를 달성함으로써 자아실현에 성공하고 있다. 자기 분야에서 탁월한 성공을 거둔 사람은 자신의 목표를 모든 사람이 이해할 수 있게 표현한다.

나는 이들이야 말로 가장 강한 사람이라고 말하고 싶다.

일본의 3대 서예가 중 한 사람인 오노도후(小野道風)는 어려서부터 훌륭한 스승에게서 글씨를 배웠다. 그러나 스승은 한 번도 그를 칭찬해주지 않았다.

그는 하루 종일 글씨 쓰기에 매달렸지만, 스승은 그의 글씨를 보고 이렇게 말할 뿐이었다.

"자세를 바르게 하고, 붓을 곧게 가지고, 글자의 1점 1획에도 마음을 다해 전력하지 않으면 숙달될 수 없다. 더 잘 쓰도록 하라."

오노도후가 아무리 글씨를 잘 써도, 몇 해가 지나도록 스승은 도통 칭찬을 해주는 법이 없었다. 그러는 사이 오노도후는 그만 자신이 없어져서 붓을 꺾어버리고 스승의 곁을 떠나기로 마음먹었다.

그날은 비가 부슬부슬 내리는 날이었다.

처량한 마음으로 집을 향해 걷던 오노도후의 눈에 문득 버들가지 위로 뛰어오르려고 안간힘을 쓰는 개구리 한 마리가 띄었다. 개구리는 버드나무 가지를 향해 계속 뛰어올랐지만 번번이 실패하고 떨어졌다. 하지만 포기하지 않고 거듭 뜀뛰기를 되풀이하는 것이었다.

오노도후는 비에 젖는 것도 의식하지 못하고 그 동작을 지켜보았다.

개구리는 벌써 수십 차례나 실패를 번복했지만 포기하지 않았고, 그러다 마침내 버들가지 위로 뛰어오르는 데 성공했다. 그리고는 작은 발을 나뭇가지에 올려놓고 말할 수 없이 만족스런 표정을 짓는 것이었다.

오노도후는 가슴에 벅찬 감동이 차오르는 것을 느꼈다.

'그래! 나도 끝내 이루고야 말리라!'

그때부터 오노도후는 성공을 서두르지 않고 매일 꾸준히 연습을 거듭해 마침내 일본 제1의 서예가가 되었다.

신약성서에 이런 말이 나온다.

"고통은 인내를 낳고, 인내는 시련을 극복할 수 있는 끈기를 낳고, 끈기는 희망을 낳는다."

참아낼 줄 아는 사람이면 이루지 못할 일이 없다는 말이다. 인간이 현재의 고난을 참아내는 것은 마음속에 품고 있는 희망이 있기 때문이다.

끝까지 집중하라

자신의 일에 무한한 열정으로 집중한 사람 중 토마스 에디슨을 들 수 있다.

그는 암탉이 달걀을 품는 것을 보고 자기도 부화를 시키겠다고 달걀을 품기도 했고, 엉뚱한 짓만 하는 문제아라고 초등학교에서 쫓겨나기도 했으며, 기차 안에 실험실을 차렸다가 불을 내서 혼쭐이 나기도 했다. 하지만 뛰어난 상상력과 탐구 정신으로 수많은 발명품을 내놓음으로써 20세기 문명을 바꾸어 놓았다.

그는 언제 어디서든 자신이 세운 목표에 몸과 마음을 불사를 만큼 열정적이었다.

그는 백열전구, 축음기, 전기기관차, 타자기, 콘크리트 빌딩의 건설방법, 금속판 제조법을 발명했고, 영화와 전신장치, 전화의 발명에 획기적인 기여를 했으며, 자동차의 개발과 공급, 제조 시스템에 대한 아이디어를 제공하는 등 그의 창조적이고 획기적인 발명품 목록은 믿기 힘들 정도로 엄청난 양이었다.

예를 들어 오늘날의 진공관은 그의 아이디어를 실용화해서 탄생한 것으로, 훗날 라디오, 장거리 전화, 텔레비전을 비롯한 무수한 발명품으로 이어졌다.

그렇다면 에디슨의 위대한 성공 비결은 과연 무엇일까?

그것은 다른 무엇보다도 '초인적인 집중력' 이었다.

그는 어떤 목표가 정해지면 생활 자체를 철저하게 그것에 맞추었다.

그에게는 목표 그 자체가 생활이었던 것이다. 우선 그는 어떤 계획을 하나 세우면 그와 관련된 책은 모조리 읽어치웠다. 그는 완전히 몰입해 피로도 잊은 채 독서의 나날을 보냈다. 그렇게 확실하게 지식을 습득한 다음에야 비로소 실험실 작업을 시작했다.

그러나 에디슨도 수많은 과정에서 일사천리로 성공을 거둔 것은 아니었다.

에디슨은 전구의 필라멘트를 만들기 위해 식물탄화 실험만

6000번도 넘게 했다.

그것은 하루에 10번씩 실험했다고 해도 꼬박 2년이 걸린 작업이었다. 또한 6000번 실험했다는 것은 그만큼의 실패를 했다는 말이기도 하다. 이처럼 에디슨은 전구에 필요한 발광물질을 찾기 위해 수년에 걸쳐 수천 번의 실패와 좌절을 겪었다.

그럴 때마다 그는 자기 자신에게 외쳤다.

"나는 실패한 것이 아니다. 나는 이제 실행되지 않는 수천 가지의 방법을 알아낸 것이다."

매우 놀라운 발상의 전환이 아닐 수 없다.

그는 무수한 실패에도 지치거나 포기하지 않았고 하나의 실패에서 방향을 수정하고, 또 다음의 실패에서 다시 수정을 함으로써 목표를 달성해 나갔다. 그의 위대한 상상력과 지성, 목표를 향한 집중력과 열의가 그를 인류 최고의 발명왕으로 만든 것이다.

젊은 시절 에디슨은 하루 평균 스무 시간씩 일했는데 그는 그것을 일이라고 하지 않고 공부라고 불렀다. 마흔일곱 살이 되었을 때 에디슨은 자신의 진짜 나이는 여든 둘이라고 말한 적이 있었다. 다른 사람들이 하루에 여덟 시간만 일한다고 생각하고 자신이 일하는 시간을 계산하면 그 정도가 된다는 유머였다.

또한 에디슨은 자신이 발명한 발명품에 대한 탁월한 비즈니스 감각을 가지고 있어서 사업에서도 탁월한 수완을 발휘하기도 했지만, 발명가로서의 자신의 일을 한시도 게을리 한 적이 없다.

그의 한 친구는 에디슨이 잠을 자지 않을 때는 항상 공부를 하는 중이었다고 회상했다. 어느 날 그가 에디슨에게 물어보았다.

"성공을 원하는 사람은 누구나 자네처럼 하루에 열여덟 시간을 일해야 하는 건가? 그것은 너무 심하지 않은가?"

그러자 에디슨은 다음과 같이 말했다.

"그건 전혀 그렇지가 않네. 사람은 누구나 온종일 쉬지 않고 어떤 일을 하고 있지. 그렇지 않은가? 직장에서 일을 하거나, 집에서 쉬거나, 신문을 읽거나, 산책을 하거나, 생각을 하며 살고 있지. 만일 그들이 7시에 일어나 11시에 잠자리에 든다면 그들은 열여섯 시간을 활용할 수 있는 것이지. 유일한 차이는, 그들은 많은 일을 하고 나는 오직 한 가지만 한다는 거야. 만일 사람들이 한 가지 목표에만 집중한다면 그들 역시 성공할 수 있는 거야. 문제는 사람들이 목표를 가지고 있지 않다는 거지. 다른 모든 것들을 포기하고 매달릴 단 한 가지 목표 말이야."

에디슨은 한 가지 일에 집중하는 자기 관리를 철저히 집행함으로써 성공의 열매를 따냈던 것이다. 만년에도 에디슨은 매일 열여섯 시간씩 공부에 매달렸다. 그는 자신이 유별난 것이 아니라 다른 사람들이 게으르다고 생각했다. 그가 천 가지가 넘는 현대 문명의 이기를 발명하면서 기록한 아이디어 노트는 3천4백 권이나 된다.

에디슨이 자신의 발명품을 토대로 창립한 제너럴 일렉트릭 (GE)은 125년이 넘는 지금도 세계 최고의 기업으로 남아 있다.

♣ 생텍쥐페리의 가르침

"만일 당신이 배를 만들고 싶다면,
사람들을 불러 모아 목재를 가져오게 하고 일을 지시하고
일감을 나눠주는 등의 일을 하지 말라!
대신 그들에게 저 넓고 끝없는 바다에 대한
동경심을 키워줘라."

— 〈어린왕자〉 중에서

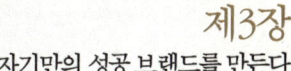

제3장
자기만의 성공 브랜드를 만든다

특별한 사람을 스승으로 모셔라
안으로 훌륭한 부모가 없고,
밖으로 엄한 스승 없이 능히 성취한 사람은 드물다.
—명심보감

성공코드, 성공브랜드

미래의 리더는 공부하는 시간을 많이 확보해야 한다.

불필요한 시간을 낭비해서는 안 된다.

시간 확보가 관건인데,

회사에서 CEO가 굳이 챙기지 않아도 될 일을

챙기는 것만큼 어리석은 일은 없다.

24시간이라는 시간표 안에 미래가 들어올 수 있도록

시간을 비워 놓아야 한다.

— 횡주

성공의 3가지 조건

성공한 사람들은 대개 매사에 자신감이 넘치는 매력적인 사람인 경우가 많다.

당신도 유능하고 자신감이 넘치는 이미지로 사람들의 마음을 사로잡고 정말로 생명력이 넘치는 행복한 사람이 될 수 있다.

성공은 자신감 속에 스스로 지닌 재능이 묻어 나오므로 가능하다.

성공한 사람들에게는 성공에 이르는 세 가지 공통적 조건

1. 자신이 좋아하는 것을 한다.
2. 자신이 좋아하는 것을 확실하게 일로 만든다.
3. 또한 그 일이 다른 사람들의 행복과 이어지게 만들 줄 아는 능력을 가지고 있다.

이 세 가지 조건이야말로 보통 사람과 성공한 사람을 갈라놓는 분기점이 되는 성공의 법칙이라고 할 수 있다.

'경영의 신'으로 불리며 일본의 대표적 기업 마쓰시타 전기를 창업한 마쓰시타 고노스케는 자신이 성공한 세 가지 이유를 이렇게 술회하고 있다.

"나는 하느님이 주신 세 가지 은혜 덕분에 크게 성공할 수 있었다. 첫째, 집이 몹시 가난해 어릴 적부터 구두닦이, 신문팔이 같은 고생을 통해, 세상을 살아가는데 필요한 많은 경험을 쌓을 수 있었다. 둘째, 태어났을 때부터 몸이 몹시 약해, 항상 운동에 힘써 왔기 때문에 건강을 유지할 수 있었다. 셋째, 나는 초등학교도 못 다녔기 때문에 모든 사람을 나의 스승으로 여기고 누구에게나 물어가며 배우는 일에 게을리 하지 않았다."

보통 사람이라면 불우한 환경, 허약한 신체, 배우지 못한 것을 원망하거나 자포자기해서 체념했을 것이다. 하지만 마쓰시타는 자신에게 주어진 최악의 조건을 긍정적으로 받아들였고 그것을 성공의 지렛대로 삼아 도약의 발판을 만들었다.

마쓰시타처럼 매순간마다 엄정하고 자신감 넘치는 자기 관리를 통해서 성공을 끌어안은 헨리 포드의 예를 통해 성공하는 사람들이 가진 성공 코드를 살펴보자.

헨리 포드가 이룩한 것

'자동차 왕' 헨리 포드는 대학 졸업장이 없었다. 하지만 그는 세계적인 자동차 회사 포드를 만들었고, 근대적 대량생산방식에 의하여 자동차를 대중화시키면서 자동차 왕이 되었다.

가난한 농부의 아들로 태어나 소년시절부터 신문팔이, 점원, 기계공 등의 일을 하면서 어려운 환경 속에서도 그는 언젠가 자동차를 만들 것이라는 꿈을 꾸었다.

16살이 되던 해 드디어 포드는 꿈에도 그리던 '미시간 차량회사'라는 기계 제작소에 들어갔다. 그러나 그는 일주일 만에 다른 일을 찾아야 했다.

아무도 고치지 못한 기계를 그가 30분 만에 고친 것이 그 이유였다. 자기 자리를 빼앗길까봐 겁이 난 공장장이 그를 쫓아낸 것이다.

하지만 그는 좌절하지 않고 자기 인생의 고비마다 최선을 다했다. 이후 그는 여러 회사를 다니면서 기술을 익혔고, 드디어 뛰어난 기술자가 되었다.

온갖 어려움을 이겨낸 그는 '부자들의 장난감인 자동차를 서민들의 생필품으로 바꾸겠다'는 신념으로 1903년, 자동차 회사를 설립한다.

이러한 창업 정신은 1913년 컨베이어 벨트 생산방식을 만들어냈고 자동차 대량생산의 기틀이 마련된 것이다.

그는 컨베이어시스템을 통해 1공정에 18분이 걸리던 제조시간을 5분으로 단축했다. 그리하여 다른 자동차 회사들이 만든 차가 2천 달러를 호가할 때, 포드 T형의 값을 2백60달러로 낮출 수 있었다.

T형 자동차는 보통사람들의 필수품이 되기 시작하면서 단종될 때까지 1500만대나 팔려 나갔고, 거대한 미국 경제력의 밑받침이 되었다고 드디어 포드는 자동차 왕이 되었다.

포드에게는 놀라운 창의력과 개혁정신이 있었다. 그는 이런 말을 하면서 20세기 역사를 바꾸어 놓은 대량생산 시스템을 만든 것이다.

"일의 성공을 위하여 필요하다면 어떠한 조직도 개혁하고, 어떠한 방법도 폐기하고, 어떠한 이론도 포기할 각오가 있어야 한다."

자신감을 가지고 매사에 매달리게 되면 인생에는 언제든지 역전의 찬스가 온다. 바로 헨리 포드가 이런 생각으로 스스로를 만든 사람이다. 그는 기계공으로 힘든 일을 하고 있으면서도 항상 자신이 만들 자동차 회사를 열심히 설계했다. 그 꿈이 있었기에 포드는 자동차 왕이 될 수 있었다.

헨리 포드의 벽난로 위엔 이런 문구가 있었다.

"네 손으로 장작을 패라. 이중으로 따뜻해진다."

진정한 성공이란?

당신은 성공이 무엇이라고 생각하는가?

많은 사람들은 돈을 많이 벌고 출세하는 것을 성공이라고 말한다.

그러나 나는 그러한 성공에 대해서 많은 의문점을 가지고 있다. 특히 근래에 사람들이 경제적 성공에 지나치게 몰두한 나머지 자연 환경을 무자비하게 파괴하고 수많은 재앙을 불러들이고 있는 것을 보면서 무척 안타까운 마음을 가지게 되었다.

사람들은 돈을 들여서도 만들기 힘든 시골의 좋은 자연 환경을 버리고 무슨 이유로 좁은 도시에 몰려들어서 나쁜 공기를 마시며 복잡하고 바쁘게만 살고 있는가?

왜 빈둥거리거나 아무것도 하지 않는 것을 무조건 나쁘다고만 하는가?

들판의 풀밭이나 모래밭, 산 속의 바위 같은 곳에 벌러덩 누워서 아무 생각 없이 파란하늘을 멍청하게 바라보는 나날을 지내는 것도 인생에서는 달디 단 보약이 된다는 것을 왜 사람들은 모르는가?

사람은 때로 어슬렁거리며 쉬기도 해야 한다.

세상에 완벽한 것은 없다. 세상 사람들은 현대문명의 시스템을 완벽한 것이라 믿고 거기에 참여하지 못하거나 참여하지 않는 사람을 인생의 낙오자 정도로 치부하고 있지만 실상은 그렇지 않다.

하다못해 가장 완벽한 것으로 믿고 있는 컴퓨터조차도 완벽한 것이 아니란 것은 잘 알려진 일이다. 컴퓨터의 하드웨어나 소프트웨어는 여러 가지 결점과 버그를 가진 탓에 계속해서 개발과 업데이트를 하고 있다.

그런데 사람들은 컴퓨터가 부족한 점이 많은 제품이란 것을 간과하고 있다. 그 컴퓨터 시스템이 현대 사회의 근간을 구축하고 있다는 것도.

사실 알고 보면 세속적인 성공만을 추구하는 많은 사람들은 자의반 타의반으로 떠밀려서 성공을 위해 뛰고 있을 뿐이다. 그들은 어느 정도의 기반을 다지게 되면 허무함을 느끼고 스스로에게 많은 질문을 한다.

'나는 무엇을 위해서 내 청춘을 바쳤던가?'

그렇다. 이제 많은 사람들이 왜? 라고 묻고 있다.

사람들은 자신들이 살아 온 지난날을 뒤돌아보기 시작한 것이다.

그동안 산업화다, 현대화다, 세계화다, 하면서 앞만 보고 정신없이 뛰어온 결과가 무엇인가?

지구는 온난화되어 기상이변이 속출하고 있고, 지구를 보호하고 있는 오존층은 구멍이 뻥 뚫려가고 있다. 현대 의학으로도 고치지 못하는 에이즈를 비롯한 각종 질병이 창궐해 한 해에 수백만 명이 죽어나가고 있다.

그런데도 사람들은 끝없는 욕망으로 성공과 돈과 명예를 향해서 질주하고 있다.

인생의 목적을 세속적 성공에만 두는 것이 현대인의 최대의 불행이다.

인생의 목적은 남들이 알아주는 성공에 있는 것이 아니라, 내 마음대로 자유롭게 살고 행복을 느끼며 사는 데 있는 것이 아닐까?

나는 거듭 세속적인 성공을 거둔 사람들이 과연 행복한가 묻고 싶다.

사람들이 성공의 대가로 생각하는 돈이나 권력이 많이 있으면 좋겠지만 그것들은 아무리 많이 가지려해도 얻기 힘든 것들이다.

또한 돈과 권력은 먹고살 수 있고, 누가 이래라저래라 하지 않는 정도로 가지고 있으면 되는 성질의 것이지 지나치게 많으면 사람을 욕망에 사로잡히게 하는 속성이 있다.

칼 홈스는 인생의 나아갈 길에 대해서 이렇게 설파하고 있다.

"인생에서 우리가 하려는 일은 다른 사람을 앞지르는 것이 아니라 자신을 뛰어넘는 것이다. 자신의 기록을 깨고, 자신의 방법을 개선하여 이전보다 더 잘하기 위함이다."

나는 이러한 정신이야 말로 자기 자신을 발전시키고 제대로 사는 삶을 찾을 수 있는 방법이라고 동의한다. 그리고 이 방법에서 당신이 성공 코드를 일게 되기를 바란다. 남을 앞지르고 그 위에 군림하려는 행위야말로 인간에게 주어진 최대의 비극적 요인이다.

미국에서 가장 성공한 보험 세일즈맨 중의 한 사람인 엘머 레터맨(Elmer Letterman)은 자신의 경험을 통해서 인간이 능력을 제대로 발휘하는 방법에 대해서 이렇게 말했다.

"현재 자신이 해야 할 일이 무엇인지 알고 있고, 그 일을 당장 시작한다면, 그리고 하지 말아야 할 것들을 모두 그만 둔다면, 보통 사람들도 누구나 자신의 능력을 하룻밤 사이에 두 배 이상 발휘할 수 있다."

자신이 해야 할 일과 하지 말아야 할 일을 아는 것이 중요하다. 그것이 자신만의 성공 브랜드를 만들어 나가는 데 초석이 되어야 한다.

항상 공부하고 메모하라

기록하고 잊어라.

잊을 수 있는 기쁨을 만끽하면서

항상 머리를 창의적으로 쓰는 사람이 성공한다.

그 비결은 바로 메모 습관에 있다.

— 사카토 케지

공부를 왜 하는가를 알아야 한다

아주 특별한 사람이 아니고는 공부가 좋아서 하는 사람은 없다.

그러나 당신의 나이에 공부를 하지 않으면 사람은 아무런 공부도 할 수 없게 만들어져 있다는 것을 알아야 한다. 그것은 오랜 인류의 경험이 말해주고 있다. 사람의 두뇌는 10대에 가장 많은 지식과 자료들을 흡수하게 만들어져 있다는 것은 이미 과학적으로도 증명된 일이다. 간혹 나이를 먹어서도 공부를 하는 사람들도 있는데 그들은 이미 기억력이나 수리력이 떨어져서 10대의 시기보다 몇 배나 고생을 하면서 공부를 하게 된다.

다시 말하면 10대는 가장 적은 노력을 기울여서 가장 훌륭한 결과를 얻을 수 있는 그런 시기이다.

왜 나는 공부를 해야 하는가?

그 이유를 곰곰이 생각해 보라. 쉽게 이유가 떠오르지 않을 때는 평소 내가 생각하던 나의 미래의 모습을 상상해 보는 것이 좋다.

20년 후, 30년 후의 나의 모습을 생각해 보거나, 글로 적어 보는 것도 좋을 것이다. 그러한 꿈을 이루기 위해서 나는 오늘 어떻게 해야 하는지 답이 떠오를 것이다.

우리가 아무리 인생계획서를 훌륭하게 짠다 해도 공부가 밑받침이 되지 않는다면 그것은 그저 한낱 그림에 불과할 뿐이다.

자기가 원하는 직업이 무엇이든 그 분야의 전문 지식을 습득해야만 한다. 자신이 가고자 하는 분야의 전문 지식 없이는 그 분야에 입문을 할 수 없을 것이고, 요행으로 입문한다고 해도 중도 탈락 할 것은 뻔한 이치다.

당신이 꿈과 야망이 있다면 그 분야의 일인자가 되고 싶을 것이다. 그렇게 일인자가 되려면 남보다 많이 알아야하고 특별한 재능을 가지고 있어야 한다.

이쯤 되면 당신은 정말 공부를 해야 하겠구나, 하는 생각이 들 것이다. 어차피 해야 하는 공부라면 최선을 다해서 해보자는 생각이 들지도 모른다.

— 나는 변호사가 되고 싶다.
— 나는 일류 사업가가 되어 세계를 누비고 싶다.

누구나 이 정도의 목표는 가지고 있을 것이다. 그런데 이런 장기적 목표를 달성하기 위해서 어떠한 노력을 해야 하고, 얼마나 시간을 투자해야 하는지, 구체적인 방안을 가진 사람은 많지 않다.

꿈은 있지만 현실적인 노력을 하지 않는 10대들을 보면 정말 안타까운 생각이 들 때가 한두 번이 아니다.

그들은 대개 높고 큰 목표를 세워 놓고 있지만 그 목표에 도달하는 단계적인 방법을 모르는 경우가 허다하다. 그래서 그 고상한 목표는 허울 좋은 껍데기가 되고 만다. 아무리 원대하고 훌륭한 목표를 가지고 있다고 해도 그 목표는 단 한순간에 이루어지는 것이 아니므로 계속적인 노력과 시간을 투자해야한다.

미국의 사업가, 정치가, 저술가, 과학자로 유명한 벤자민 프랭클린을 위대하게 만든 것은 그의 뛰어난 독서열이었다. 그는 자서전에서 다음과 같이 말했다.

"나는 형에게 만일 형이 나에게 매주 식비로 지불해 주는 돈을 절반만 준다면, 하숙을 하고 싶다고 말했다. 형은 이에 곧 동의해 주었다. 나는 그 돈에서 절반을 책을 사는 데 보태었다. 형이나 다른 사람들이 인쇄소에서 식사하러 밖으로 나가면 나는 혼자 남아서 간단히 식사하고 그들이 돌아올 때까지 책읽기에 힘썼다."

프랭클린은 미국이란 나라가 태동하던 시기인 18세기에 활동하던 아주 오래된 인물이지만 미국인들이 여전히 좋아하고 존경하며 역할 모델로 삼고 있는 인물이다. 그는 청교도의 후예답게 합리적인 신앙인으로서 자유를 사랑하고 과학을 존중했다. 그는 미국식 실용주의를 창시한 '실용주의의 교사'로서 가장 미국적인 '최초의 미국인', '가장 성공한 미국인'으로 꼽힌다. 또한 그는 미국 독립을 이끌어내고, 헌법의 기초를 마련한, 미국 민주주의의 초석을 다진 탓에 '미국정신은 프랭클린 정신'이라고 불릴 만큼 높이 추앙받고 있다.

프랭클린은 100달러 지폐의 주인공이 될 정도로 화려한 경력을 지녔음에도 불구하고 그는 자신의 묘비에 '인쇄인 프랭클린 (B. Franklin Printer)'이라는 글자만 남겼다. 그가 84세로 사망하자 그의 장례는 국장으로 치루어졌다. 그의 묘지는 필라델피아 시내에 있는데 지금도 추모객들의 발길이 끊이지 않고 있다.

당신도 프랭클린처럼 식사 시간도 아껴가면서 독서와 공부에 열중하는 생활을 가져야 한다.

우선은 오늘 하루의 작은 목표를 세워 실천해가고, 그래서 그 작은 성취의 기쁨을 맛보는 자세가 중요하다. 오늘의 작은 목표를 당성하지 못하고서는 거창한 미래의 목표는 하나도 이루지 못한다는 것을 명심하라.

공부를 왜 하느냐 묻는 것은 왜 사느냐를 묻는 것과 같다.

지미 카터 전 미국 대통령은 조지아 주 시골에서 땅콩 농장을 경영하는 아버지와 간호사인 어머니 사이에서 태어났다. 그는 1930년대의 대공황 때문에 어린 시절을 어렵게 보내야 했지만 항상 진실되고 바른 자세로 공부에 전념했다. 그는 자신의 가치관을 심어준 사람으로 부모님과 고등학교 때 선생님을 꼽았다.

1975년 대통령으로 당선되기 전, 선거운동 당시 발간한 자서전 〈최고가 되기 위해서(Why Not the Best)〉에서 그는 줄리아 코울먼 교장을 그에게 새로운 영감을 불어넣어 준 훌륭한 스승으로 다음과 같이 소개했다.

최근에 돌아가신 줄리아 선생님은 평생을 독신으로 지내셨다. 그는 학생들에게 언제나 교실의 테두리를 벗어나 더 큰 문화적인 지식을 쌓도록 독려해 주셨다. 그래서 우리는 토론, 수필 경연대회, 음악 감상, 단막극 제작, 철자대회 등 다양한 문화 활동을 경험할 수 있었다. 수업시간에는 모든 학생이 빠짐없이 토론에 참여해야 했고, 시나 성경 구절을 외워 낭송하거나 철자대회에서 실력을 자랑하기도 했다. 선생님은 또한 음악의 중요성을 강조하셨기 때문에 우리는 모두 악기를 다룰 줄 알았다. 하모니카나 우쿨렐레 아니면 피콜로라도 연주해야 했다.

여러 면에서 줄리아 선생님은 지금까지 내 기억 속에 선명히 남아있다. 비록 작은 키에 어깨가 조금 구부정한 모습이었지만 그렇게 우아해 보일 수가 없었다. 선생님의 얼굴은 다양한 표정을 담아냈다. 특히 아끼는 시를 낭송하거나 밀레, 게인즈 버러, 휘슬러, 조슈아 레이놀즈 경 등의 미술 작품을 보여 주실 때는 더욱 그랬다. 내가 열두 살 되던 해 어느 날, 선생님은 나를 부르더니 이렇게 말씀하셨다.

"이제 너도 〈전쟁과 평화(War and Peace)〉를 읽을 때가 되었다. 꼭 읽어야 한다."

나는 책제목만 듣고 카우보이와 인디언에 관한 이야기라고 생각하며 얼마나 좋아했는지 모른다. 그런데 나중에 도서관에서 그 책이 러시아 작가 톨스토이가 쓴 소설로 장장 1400쪽에 달하는 책이라는 걸 알고는 입을 다물 수가 없었다. 그리고 이 후 〈전쟁과 평화〉는 내가 가장 아끼는 책이 되었다.

그렇게 공부를 하게 된 카터는 미합중국 제39대 대통령을 역임했고, 지금까지 세계무대에서 적극적인 활약을 펼치고 있다. 그는 작가, 연설가, 국제 분쟁 중재자로서 헌신적인 활동을 하며 많은 업적을 쌓았다.

메모하고 정리하라

아무리 우수한 기억력을 가진 사람이라도 사람의 머리가 기억하는 것은 한계가 있다. 특히 요즘 같은 정보화 시대에는 넘치는 정보를 제대로 메모해 두지 않으면 많은 정보를 놓치게 되고 만다. 정보화 시대엔 어디서 정보를 얻느냐가 중요한 게 아니라 정보를 누가 먼저 내 것으로 만들어서 활용하느냐가 성공의 지름길인 것이다.

"아, 그때 그것을 적어둘 걸!"

당신은 일상생활에서나 공부를 할 때 이런 경험을 수없이 많이 했을 것이다. 만약 그때 그것을 제대로 메모해 두었더라면 그것은 분명히 유용하게 쓰였을 텐데… 라고 아쉬움을 남기는 사람이 세상에는 부지기수로 많다.

좋은 아이디어는 토끼와 같다. 너무나 빨라 지나가 버려서 때로는 그것의 귀나 꼬리밖에 볼 수 없다. 그것을 잡기 위해서는 언제나 준비가 돼있어야 한다. 창의적인 사람은 항상 주의를 늦추지 않고 있다.

베토벤은 1821년에 친구에게 보낸 한 편지에서 어떻게 그가 마차에서 잠을 자다가 아름다운 악상을 떠올리게 되었는지를 설명했다.

"그러나 내가 잠에서 깬 순간, 악상은 날아가 버렸다네. 그리고 나는 그것의 한 부분도 기억할 수 없었어."

다행히도 그 악상은 어느 날 다시 떠올랐고, 그는 그것을 적어서 포착할 수가 있었다.

좋은 아이디어가 우연히 떠올랐을 때, 그것을 재빨리 기록하라. 물론 모든 아이디어가 쓸모 있는 것은 아니겠지만, 중요한 점은 먼저 그것을 포착하고 나중에 그것에 대해 생각해 보는 것이다.

기록은 기억을 남긴다

링컨, 에디슨, 빌 게이츠, 잭 웰치 등 성공한 사람들의 공통점 가운데 하나가 메모하는 습관을 가지고 있다는 것이다. 그들은 두뇌가 기억해야 할 짐을 메모에 맡기고 나머지 두뇌를 창의적인 면에 쓴 덕분에 큰 성공을 거둔 것이다.

메모는 언제든지 누구나 손쉽게 할 수 있지만 대부분의 사람들은 머리로만 기억할 뿐, 손으로 메모하는 일을 잘 하지 않는다.

그러나 정보화 사회를 살면서 수많은 정보를 모두 기억하기란 불가능한 일이다. 그래서 우리는 메모하는 습관을 길러야 한다.

사람은 단편적으로는 감탄할 만큼 훌륭한 일을 생각하거나 말하기도 한다. 하지만 그런 멋진 발상은 떠올랐다가 사라지고, 말을 한 다음에는 잊어버리기 때문에 종국에는 바람처럼 사라지고 남지 않는다.

말이나 생각은 기록하지 않으면 남지 않는다.

처음부터 존재하지 않았던 것과 마찬가지이다. 아무리 좋은 아이디어라도 마찬가지이다. 그러므로 잊지 않도록 기록해 두는 것이 중요하다.

한참이 지난 후 다시 그 메모를 마주했을 때, 그때 새로운 창조가 이루어지는 것이다.

일을 잘하는 사람은 메모기술에 뛰어난 경우가 많다.

그런 기술은 어떻게 배우는 것일까?

시중에는 메모에 관한 여러 가지 종류의 책들이 나와 있다. 그러나 그 내용을 살펴보면 결론은 하나같다. 체험보다 뛰어난 메모의 기술은 없다는 것이다. 하루에도 수십 건의 메모를 하고, 다시 그 메모를 버리고 지우는 과정을 반복하는 동안에 자신 만의 방법이 체득되는 것이다.

두뇌를 창의적으로 활용하는 가장 확실한 방법은 '메모'를 하는 일을 습관화 하는 것이다. 메모하는 일은 두뇌가 부담하는 일의 일부분을 종이에게 위임하는 일이다. 잊어버리지 않기 위해서

가 아니라 기록 후 잊기 위해 메모는 더욱 필요한 것이다.

번뜩이는 아이디어를 제대로 메모하고 활용하여 새로운 지식과 가치를 창조해 내고, 이를 통해 성공적으로 인생의 목표를 향해 나아갈 수 있는 것이다.

그리고 메모에도 분명히 기술이 존재한다.

그것을 사카토 켄지란 사람은 최근에 베스트셀러가 된 〈메모의 기술〉이란 책에서 다음과 같이 7가지로 간단하게 정리해 놓았다.

1. 언제 어디서든 메모하라.

2. 주위 사람들을 관찰하라.

3. 기호와 암호를 활용하라.

4. 중요 사항은 한눈에 띄게 하라.

5. 메모하는 시간을 따로 마련하다.

6. 메모를 데이터베이스로 구축하라.

7. 메모를 재활용하라.

그러나 그보다 더욱 중요한 것이 있다.

메모한 뒤 그것을 잊고 덮어 버리면 메모는 영원히 빛을 보지 못하는 낡은 종이로만 남게 된다는 것이다.

메모는 그렇게 적는 데 그치지 않고 언제든지 필요할 때 응용할 수 있는 것이 되어야 한다.

메모를 정리해서 보관하는 방법이 매우 중요하다. 메모한 것들을 주제별로 분류해서 다시 찾아보기 쉽도록 보관해야 한다. 그런 작업이 체계화되면 메모 보관함은 나만의 백과사전이 될 수 있다. 또한 메모는 대단한 성취감을 주고 정서적으로도 큰 힘이 된다.

메모는 어떤 형태로든 남겨두어야 한다. 그 자체가 데이터베이스이기 때문이다. 메모는 최소한 자신의 생각을 객관적으로 볼 수 있는 창문과 같다.

디지털 시대의 초 메모법

근래 들어서는 메모를 하는 데 반드시 종이만을 쓰지는 않는다. 디지털 카메라, 보이스 펜, 핸드폰 등의 빛과 소리를 동원한 다양한 시청각 매체가 메모에 동원되고 있다.

디지털 혁명은 모든 사람들에게 평생교육을 받고 깨어 있을 것을 요구하고 있다.

미래 핵심기술로 꼽히는 정보기술IT, 생명공학기술BT, 초정밀기술NT 등 이른바 '3T'로 대변되는 새로운 산업흐름을 모르고는

'디지털 왕따'가 될 것이기 때문이다.

정보 기술 혁명과 글로벌 경제의 출현은 오늘을 살아가는 여러분에게 도전과 위기를 함께 안겨다 주었다.

여기에는 엄청난 양의 지식과 정보가 오고 가는데 사람의 두뇌로는 그것을 다 기억하거나 저장할 방법이 없다고 해도 과언이 아니다.

이러한 시대에 남들보다 뒤떨어지지 않고 프로가 되기 위해서는 메모하는 생활을 습관화하는 것이 무엇보다도 필요하다.

그리고 자신이 가지고 있는 메모 자료를 DB로 구축해서 그 자료가 필요할 때 꺼내 적재적소에 사용하는 것이 중요하다. 임무를 완성하는 데 필요한 정보를 항상 메모해 두고 있다가 그 정보를 기초로 자신의 지식을 어떻게 조합 운영해야 하는지 정확하게 알고 있어야 한다.

문제해결의 실마리가 어디에 있는지를 머릿속에 그려놓고 있다면 업무 처리 속도는 엄청나게 빨라질 수 있다.

이처럼 지식사회에서 살아남기 위해서는 끊임없는 메모가 필요하다.

스스로 멘토가 되라

사람의 귀는 외이, 중이, 내이의 세 부분으로 이루어져 있다.
이렇게 귀가 세 부분으로 이루어졌듯이,
남의 말을 들을 때에도 귀가 세 개인 양 들어야 하지.
자고로 상대방이 "말하는" 바를 귀담아 듣고
"무슨 말을 하지 않는"지를 신중히 가려내며,
"말하고자" 하나 차마 말로 옮기지 못하는 바가
무엇인지도 귀로 가려내야 한다고 했다.

— R이안 시모어 / 멘토

눈높이를 맞추는 작업

자기만의 일을 찾는 데는 '눈높이를 맞추는 작업'이 필요하다. 직업에 귀천이 있다는 말은 이제 옛말이 되었다. 자기의 적성에 맞는 직장에서 최선을 다할 때, 그 사람은 삶의 보람을 충분히 느낄 수 있다.

자신의 소질과 능력을 발견하고 개발하여 가면서 '무엇이 될 것인가?'를 차츰 차츰 구체화 시키는 것이 좋다.

소질과 능력을 발견하고 개발하는 것에 따라서 인간은 자신의 뜻대로 살 수도 있고, 반면 다른 사람의 뜻을 받들며 살 수도 있는 것이다.

전자는 자신이 해야 할 일을 알고 시행하며 사는 사람이고, 후자는 자신이 해야 할 일에 대해서 깨닫지 못한 사람이라고 볼 수 있다.

앞으로 이 두 가지 유형의 인간형이 어떻게 나뉘어지는가를 추적하는 일은 흥미진진하면서도 의미심장한 일이 될 것이다.

우선 우리는 태어날 때 타고난 재능은 사람마다 다르다는 것을 인식하는 것이 중요하다. 어떤 사람은 노래를 잘하고 어떤 사람은 그림을 잘 그린다. 선천적으로 게임을 잘하는 사람이 있고, 반대로 게임을 못하는 사람이 있다.

여기서 나는 제안을 하고 싶다.

만약 당신이 어떤 분야에서 뛰어난 재능을 가지고 있다면 그것부터 찾아야 한다. 나아가서 그것을 자신만 누릴 것이 아니라 주위의 친구들에게도 나누어주는 도량을 지녔으면 한다.

게임을 잘 하는 사람은 게임을 잘 하지 못하는 사람의 입장에서 게임을 가르쳐야 한다. 그래야 그 사람과 같이 게임을 하면서 재미를 공유할 수 있다. 그런 일은 무척 어려운 일이기도 하지만 가장 쉽고 보람된 일이기도 하다.

내가 보아 온 성공한 사람들은 자기 만의 일에 몰두해 있는 탓에 다른 사람의 일을 거들떠도 보지 않고 세상일과는 무관한 것처럼 사는 사람들이다. 그들은 남의 성공을 시샘하거나 질투하지 않으며 남을 밟고 올라서는 일도 하지 않는다.

오히려 자기 자신과 같은 꿈을 꾸는 사람을 만나면 무척 반가워하고 함께 그 길을 걷기를 원한다. 그들 중에 성공한 사람들은 자신과 같은 꿈을 꾸는 사람들에게 더불어 꿈꿀 수 있는 환경을 만들어 주는 작업에 열을 올리는 경우가 많다.

미국의 사상가이며 시인인 에머슨은 인류 공통의 정신력에 대해서 이렇게 말했다.

"모든 사람에게는 하나의 공통된 마음이 있다. 사람은 누구나 그 공통된 하나의 마음으로 들어가는 입구, 같은 전체로 들어가는 입구인 것이다. 이 보편의 정신에 접촉한 사람은 실존하는 모든 것, 또는 행하여 질 수 있는 모든 것에 가능성을 갖고 있는 사람이다. 이것이야말로 오직 하나뿐인 최고의 힘이기 때문이다."

그리하여 서로에게 눈높이를 맞추는 작업이 필요하다.

자기 분수에 만족하는 사람

나는 나이가 들어가면서 사람이 일생을 살면서 누릴 수 있는 것은 그다지 많지 않다는 것을 깨닫고 깜짝 놀랐다.

내가 당신과 같은 10대 시절에는 세상에 할 일이 너무 많아서 가슴이 터질 것만 같았던 기억이 있다. 결혼을 하고 아이들을 거느리고 30대, 40대가 되면서 내가 소망하는 삶은 기껏해야 행복한 가정을 유지하면서 잘 살았으면 하는 것뿐이었다.

물론 사업을 더 키우고 싶었고, 해외로 나가서 모험을 하고 싶기도 했으며 세계적인 명작을 쓰고 싶은 욕망이 끊임없이 나를 사로잡기도 했다.

하지만 전업 작가의 길을 걸으면서 나는 먹고살기 위한 글을 써야했고 커가는 아이들 뒷바라지를 하느라 나의 많은 꿈과 욕망들을 접어야 했다. 그리고 나의 선배들도 젊은 날에는 나와 같은 꿈을 꾸었지만 현실의 벽에 부딪치면서 차츰 자신의 분수를 알아갔다는 사실을 깨달았다.

따지고 보면 아무리 많은 재산을 가진 사람도 결국은 여덟 자 길이의 잠자리면 족하고 하루에 세 끼 이상을 먹지 못한다.

분수를 모르고 자기와 정반대인 사람이 되려고 하는 사람처럼 어리석은 사람은 없다. 사람이 분수를 지키려면 〈채근담〉에 나오는 이 말을 늘 염두에 두는 것이 좋을 것 같다.

집이 커서 천 칸 넓이라 하더라도 잠잘 때에는 여덟 자 길이면 족한 것이고, 전답이 많아서 만경창파같이 곡식이 많아도, 하루에 두 되 쌀이면 그만이다. 내 집 담이 남과 같이 높지 못하고 내 곳간의 쌀이 남과 같이 많지 못하다고 애달파할 것은 없다. 남의 것을 부러워하지 않는다면, 생활에서 오는 괴로움의 절반은 덜 수 있다.

그러나 분수에 맞게, 분수를 지키며 산다는 것은 쉬운 듯하면서도 쉽지 않은 것이 사실이다. 사람들은 개구리 올챙이 적을 생각하지 못한다고 종종 자신의 분수를 잃고 날뛰기 일쑤이다.

거기에다 상대적 빈곤을 느끼는 것이 현대인들이다.

당장 먹고사는 것이 문제가 아니라 자신의 직장 동료나 이웃, 친지들과 비교해서 자신은 그들만 못하다고 생각한다.

또한 사람들은 자기가 행복하기를 원하는 것보다 남에게 행복하게 보이기에 더 애를 쓴다. 남에게 행복하게 보이려고 애쓰지만 않는다면, 만족한 삶을 살기란 그다지 힘든 일이 아니다. 개구리가 황소와 배 불리기 경쟁을 하다가 배가 터진 경우나 뱁새가 황새를 따라 가려다가 가랑이가 찢어졌다는 말처럼 사람들은 자기 분수를 모르고 산다. 자신의 실력은 생각하지 않고 작은 회사가 큰 회사와 무리한 경쟁을 하다가는 파산을 당한다. 부잣집에서 큰 차를 탄다고 가난한 사람이 시샘을 해서 큰 차를 사서 타고 다니는 경우도 마찬가지이다.

직위에 맞게, 자기가 처한 입장에 맞게 처신하는 것이 불행과 욕(辱)됨을 막는 길이다.

"자기 몸에 맞지 않는 욕망에 사로잡히는 것은 치수가 맞지 않는 남의 옷을 빌려 입으려고 하는 것과 같다. 당신에게는 당신의 노래가 있다. 그대의 노래를 발견할 때 그대는 행복하리라. 자기의 몸과 마음과는 정반대인 어떤 다른 사람이 되려고 하지 말라.

그것은 불행의 시초이다."

이 말은 E. 팔트라는 사람이 남긴 유명한 말이다.

이제 당신은 자신에게 맞는 옷, 자신이 제대로 부를 수 있는 노래를 찾아나서야 한다.

분수를 모르고 자기의 몸과 마음과는 정반대인 사람이 되려고 하는 사람처럼 어리석은 이는 없다. 그래서 나는 당신에게 스스로 만족하는 멘토가 되라고 권하고 싶다.

제대로 된 시민 사회라면 기본적인 생활권과 개인의 자유는 누구나 정당한 노력으로 얻을 수 있도록 보장되어 있다. 이러한 사회 보장을 바탕으로 그들은 남들이 중요하다고 생각하는 허례허식, 요식행위를 대충 뛰어넘어 '자신의 일에 몰두' 해서 살고 있는 사람들이다. 그들은 세상에서 말하는 성공과는 남다른 성공을 거두어 가고 있는 중이다.

그러한 삶을 살아가는 데는 주변의 논리에, 이웃의 눈길에 휘둘리지 않는 용기가 필요하다. 아울러 자신 스스로가 만족하는 성공, 남과 비교하지 않는 성공을 꿈꾸어야 한다.

린든 존슨은 남과 비교하지 않는 성공을 꿈꾸는 자들만이 위대한 사회를 만들어 나갈 수 있다고 말했다.

"위대한 사회란 사람들이 자기들 소유물의 양보다 자기들 목표의 질에 더 관심을 갖는 곳이다."

지금 읽고 있는 이 책을 끝까지 다 읽고 나면 당신은 많은 예술가, 장인(匠人), 발명가, 경영자, 여행가, 학자, 정치인, 천재들이 이러한 사람들이었다는 것을 알게 될 것이다. 예컨대 그들은 세상의 잡다한 일에는 신경 쓰지 않고 자신만의 일에 불꽃같은 정열을 사르고 있는 사람들이다.

〈탈무드〉에 이런 말이 있다.

"어떤 사람을 현명한 사람이라고 하는가?
어떤 일에서건 무엇인가를 배우는 사람이다.
어떤 사람을 강하다고 하는가?
자기 자신을 이기는 사람이다.
어떤 사람을 부자라고 하는가?
자기의 분수에 만족하는 사람이다."

특별한 사람을 스승으로 모셔라

안으로 훌륭한 부모가 없고,
밖으로 엄한 스승 없이 능히 성취한 사람은 드물다.

— 명심보감

멘토의 의미

요즘 '멘토(mentor)'란 말이 자주 쓰이고 있다. 또한 멘토링 (Mentoring)이란 말도 자주 쓰인다.

다른 사람을 돕는 좋은 조언자, 상담자, 후원자인 '멘토'와 그의 돌봄을 받는 멘티(Mentee)의 활동을 일컬어 멘토링 제도라고 한다.

멘토라는 말은 그리스 신화에서 비롯되었다.

기원전 1200년 경, 고대 그리스의 이타카 왕국의 왕인 오디세우스는 트로이 원정을 떠나면서 친구인 멘토에게 부탁했다.

"이번 원정이 얼마나 걸릴 지 모르겠네. 그 동안 나를 대신해서 내 아들을 보살펴 주게."

오디세우스는 자신의 아들인 텔레마코스를 친구에게 맡기고 전쟁터로 떠났다. 전쟁은 10년이나 계속되었고 돌아오는 길에는 길을 잃어서 10년의 세월이 더 흘렀다. 멘토는 텔레마코스의 친구, 선생님, 상담자, 때로는 아버지가 되어 그를 잘 돌보아 주었다. 20년 만에 오디세우스가 고국으로 돌아왔을 때, 아들은 아주 훌륭한 젊은이로 성장해 있었다. 그 후 멘토라는 이름은 지혜와 신뢰로 한 사람의 인생을 이끌어주는 지도자라는 의미로 사용되기 시작했다.

역사에서 멘토의 가치를 증명하는 사례는 얼마든지 있다.

사람의 한 살이에서 가장 중요한 것은 진로를 선택할 때일 것이다.

유치원 교육의 창시자로 유명한 프뢰벨의 경우를 보자.

그는 20살 때 아버지를 잃고 측량기사로, 회계 담당 직원으로 일하며 독일 각지를 유랑했다. 처음부터 교육에 뜻을 두었던 것은 아니었으나 자신이 해야 할 일에 대해서는 항상 진지하게 생각했다.

"내 천직은 무엇일까?"

그는 프랑크푸르트에서 측량기사로 일하는 중 우연히 페스탈로치의 교육이념을 받아들여 진보적인 교육을 하던 한 학교의 교장 선생님을 알게 되었다. 그는 프뢰벨이 일하는 모습을 유심히 관찰하더니 "자네는 건축가보다 교육자가 적임일세"라고 말하며 자기 학교의 교사로 일할 수 있는 기회를 제안했다. 이 뜻하지 않은 기회가 프뢰벨의 생애를 결정한 것이다. 프뢰벨은 2년 후에 교장의 친구인 부호의 아들 셋을 교육해 달라는 부탁을 받았고, 이 세 아이를 데리고 페스탈로치의 학교에 들어가 교육자로서의 자질을 연마했다.

프뢰벨의 경우 교장 선생님 같은 멘토를 만남으로써 자신의 진로를 제대로 찾을 수 있었던 것이다.

멘토는 인생의 선배로서 지혜와 신뢰로 한 사람의 인생을 이끌어주는 역할을 하는 존재이다. 프뢰벨이 프랑크푸르트에서 우연히 한 학교의 교장을 만난 일은 실로 신의 뜻이라고 하지 않을 수 없다. 이 만남은 그의 인생 항로를 바꾸는 데 결정적인 역할을 했으며, 이 만남이 없었다면 세계적인 교육자로서의 프뢰벨도 없었을 것이다.

만약 당신의 재능이 무엇인지 아무리 생각해도 모르겠다면 부모님이나 선생님, 주위의 친구들에게 물어보라. 단, 간과하지 말아야할 것은 프뢰벨에게 교육자의 길을 권한 교장의 안목이 범상치 않았다는 점이다. 누구나 그런 안목을 가지고 있는 것은 아니다. 그러니 신중히 생각하고 행동해야 한다.

"내가 제일 잘하는 것이 무엇인가요?"라는 질문으로 그들에게 도움을 청한다면 그들은 자신이 알고 있는 당신만의 독특한 재능을 이야기해 줄 것이다.

나는 우리나라 학생들이 학과 공부에만 빠져 지내느라 그런 멘토를 거의 가지고 있지 못하다는 것이 무척 안타깝다.

영어를 잘하고 수학을 잘해서 일류 대학을 가도록 가르치는 것도 중요하지만, 인생의 진로를 활짝 열어주고 앞날을 인도해 줄 멘토를 찾는 것이 더 중요하지 않을까?

멘토란 골머리를 썩이며 몇 날 며칠 끙끙대고 있는 문제를 간단한 힌트 하나로 너무나 손쉽게 해결해 줄 수 있는 존재일 수 있다. 그러한 일은 아무리 학과 공부를 잘하더라도 해결하지 못하는 문제이기 때문이다.

필요할 때 도움을 청할 사람을 만든다

성공한 사람들은 자기 자신의 부족함을 알고 배움을 얻거나 도움을 청할 사람을 주변에 많이 가지고 있다. 대개의 사람들은 조그만 성공을 거두게 되면 스스로의 성취에 도취되어 자만심을 갖게 되기 십상인데 보다 큰 성공을 꿈꾸는 사람들은 그렇지 않다.

중국 삼국시대 때, 촉나라를 일으킨 유비가 관우, 장비와 의형제를 맺고 몰락해 가는 한 왕실의 부흥을 위해 군사를 일으켰을 때의 일이다. 그는 큰 뜻을 품고 있었지만 변변한 작전 참모가 없어 늘 위나라 조조의 군대에게 고전을 면치 못하고 있었다. 유비는 평소 존경하던 서서(徐庶)와 사마휘(司馬徽)에게 작전 참모로 쓸 인재를 천거해 달라고 부탁했다.

그러자 서서는 제갈공명(諸葛孔明)을 추천하며 말했다.

"그 사람은 이쪽에서 나아가 만나러 가야할 것입니다. 그는 불러서 만날 수 있는 인물이 아니지요. 부디 장군께서 몸소 나서 그를 만나도록 하십시오."

또한 사마휘도 재갈공명을 추천했다.

"복룡(伏龍)이나 봉추(鳳雛) 중 한사람을 얻으시오."

사마휘는 제갈공명을 주 왕조 팔백년을 일으킨 강태공이나 한 왕조 사백년을 일으킨 장량과도 견줄만한 인물이라고 칭송했다.

유비는 복룡이 제갈공명이라는 사람이고, 누구보다 뛰어나다는 소문을 들은 바 있어 예물을 가득 싣고 그를 찾아갔다.

유비가 그의 집에 도착했을 때 제갈공명은 집에 없었다. 며칠 후 다시 찾아 갔으나 그는 여전히 집에 없었다. 관우와 장비가 불평을 했지만 유비는 단념하지 않고 세 번째로 제갈공명을 찾아 떠났다.

그때 제갈공명은 집에 있었지만 한참 낮잠을 자는 중이었다. 유비는 그를 깨우지 않고 그가 잠에서 깨어날 때까지 몇 식간이고 기다렸다. 그가 깨어나자 유비는 사심 없이 목이 타는 듯한 열성을 가지고 군사(軍師)가 되어 주기를 간청했고, 이에 감동한 제갈공명은 출사에 응하여 유비의 참모가 되었다.

제갈공명을 막하에 두게 된 유비는 제갈공명의 재주에 흠뻑 빠져 스승처럼 존경하고 침식을 같이했다. 관우와 장비는 젊은 제갈공명을 지나치게 예우하는 유비를 보고 샘이 나서, 도가 지나치다고 비난을 하고 나섰다.

그러자 유비가 말했다.

"공명을 얻는 것은 마치 고기가 물을 얻은 것과 같다. 다시는 내게 그런 말을 하지 말라."

그 후 유비는 제갈공명의 도움을 받아 위, 촉, 오 삼국시대를 이루어 조조, 손권과 함께 자웅을 겨루며 일세를 풍미했다.

성공을 하기 위해서는 자기 시대의 위대한 사람들을 알아야 한다. 그런 사람은 흔치 않다. 학문적으로나 인격적으로 뛰어나고 지혜로운 사람은 완전에 가까운 것을 요구하기 때문이다. 그런 사람을 만나려면 자신의 자세를 낮추고 귀를 항상 열어두고 있어야 한다.

전기와 자기(磁氣)에 대한 발견을 한 마이클 패러데이는 젊은 시절 책방의 점원 노릇을 하고 있었다. 어느 날 그는 책방에 자주 들리던 손님에게서 당시 대과학자이며 왕립 연구소에서 화학을 연구하고 있던 데이비 경의 강연회 입장권을 얻게 되었다.

패러데이는 그날 강연을 감명 깊게 들었다. 그는 데이비의 강연을 모두 필기하였고 그것을 정서하여 한 권의 책을 만들었다. 그는 그 책을 데이비에게 보냈는데 그것을 본 그는 감동하여 패러데이를 제자로 삼았다. 그 후 얼마 안 있어 패러데이는 왕립 연구소 연구원으로 발탁되었고 데이비의 비서가 되어 그가 가는 어느 곳에나 동행하게 되었다, 그 후 그는 연구에 몰두한 결과 마침내 스승의 기대에 보답하여 전기와 자기에 대한 위대한 발견을 해냈다.

어떤 사람이 데이비에게 물었다.

"당신이 이제까지 한 일 중에서 가장 보람 있었던 일은 무엇입니까?"

그러자 그는 서슴없이 이렇게 대답했다.

"패러데이를 제자로 둔 일입니다."

내가 성공하였다고 인정받는 것은
오로지 스승의 덕택이다

찰스 다윈이 종자(種子)의 변천과정을 살펴 생물의 진화를 연구, 발견하게 된 것은 영국 해군 측량선 비글호를 타고 남태평양을 항해하면서부터였다. 미지의 자연을 접하면서 자연을 관찰하고 깊은 사색을 하게 된 덕이었다. 그런데 그가 이렇게 자연을 관찰하는 힘을 가지게 된 데는 그의 스승인 헨슬로의 영향이 컸다. 다윈의 케임브리지 대학 시절의 은사 헨슬로는 식물학, 곤충학, 화학, 지질학 등에 박식한 사람이었고, 무엇보다도 제자들이 존경하고 따르는 인격자였다. 다윈은 헨슬로를 몹시 존경하고 늘 시간을 같이하려 했기 때문에 '헨슬로와 산책하는 사람'이라는 별명이 붙을 정도로 스승을 따라다니며 스승의 많은 점을 배웠다. 다윈이 비글호에 탔을 때, 그에게는 이미 자연을 관찰하는 예리한 역량이 준비되어 있었다.

나중에 진화론을 발표해서 큰 성공을 거둔 다윈은 스승의 은혜를 잊지 않고 이렇게 말했다.

"내가 세상에서 성공하고 인정받는 것은 오로지 헨슬로 선생님 덕택이다."

어린시절 찰스 다윈은 그다지 천재적인 모습을 보여준 사람이 아니었다. 그는 당시 사회를 움직이던 귀족 명문 가문의 출생도 아니었고 탁월한 재능을 발휘하지도 못했기 때문에 항상 움추린 듯한 모습을 하고 있었다. 그런 그에게 그의 스승은 학문적인 면에서도 훌륭했지만 인간적인 면에서 다윈을 거인으로 만들어 내는 씨앗을 뿌렸던 것이다.

당신이 진정으로 성공한 사람이 되고자 한다면 '바로 이 사람이다' 하는 뛰어난 사람을 자기의 주위에 모아 둘 수 있는 능력이 있어야 한다.

그러한 사람들이 가져다주는 영향은 당장은 눈에 보이지 않지만 어떤 일에 부딪혔을 때 놀랍게도 큰 힘을 발휘한다. 지혜로운 사람들을 늘 가까이하고 그들을 통해서 많은 것을 배우려는 노력을 기울여야 한다.

그러다보면 저절로 공부를 하게 되고 많은 것을 알게 되며 가질 수 있게 된다. 그러면 당신 자신도 현명한 사람이 되어 갈 것이고 현명한 사람은 현명한 사람을 부르기 때문에 주위에 그런 사람들이 많아지게 될 것이다. 그러니 되도록 지식이 풍부한 사람과 사귀도록 하라. 현명한 사람의 말 한 마디는 세상 전체의 무게보다도 무겁고 군중들의 요란한 박수갈채보다 더 귀한 것이다.

만약 자신의 친구나 이웃 중에 그런 사람이 있다면 삼고초려를 한 유비처럼 스스로 몸을 낮추고 그 사람을 스승으로 삼을 수 있는 용기가 있어야 한다.

또한 그런 사람과의 교제는 이해관계를 떠나 지식을 추구하는 데 집중할 필요가 있다.

칸트는 이렇게 말했다.

"지식을 추구해서는 안 된다. '스승'이 해야 할 바를 추구하라."

이 말은 스승이 가르치는 바를 따르는 것이 서로간의 신의를 얻을 수 있고 더 깊은 사귐과 가르침이 가능하다는 말이다. 그 사람이 친구이든 스승이든 존경하는 사람과 신뢰관계를 쌓도록 하라. 누구의 도움도 필요 없는, 완벽한 사람이란 없는 법이다. 항상 의지할 수 있는 사람을 마음의 거울로 삼아 자신의 모습을 비추고, 문제가 있을 때에는 직접 의논하고 도움을 청할 수 있는 사람이 필요한 것이다.

여기 조선시대 말기의 학자 최한기(崔漢綺)가 가르침과 배움에 대해서 아주 명쾌하게 정의해 놓은 말이 있다.

"가르치고 배우는 것은 두 가지 일이 아니다. 내가 성실한 배움으로 선(善)을 행하면 선을 향한 마음을 갖고 있는 사람은 나와 기운이 서로 감응하여 나의 가르침이 그 가운데 행해진다. 또한 다른 사람이 선을 행하기를 바라서 성실한 마음으로 깨우치고 지도한다면 나의 배움이 그 가운데 있다. 그러므로 스승과 제자가 마음을 같이하고 힘을 합쳐, 배우는 것으로 가르침을 밝히고 가르치는 것으로 배움을 밝히면 곧 모든 사람에게 통용되는 가르침과 배움이 될 수 있다. 누구에게나 통용되는 일로 배움을 삼는다면 가르침이 모든 사람에게 행해질 수 있지만, 단지 옛날의 지식을 주워 모으기만 하고 깨달은 바가 없다면 남을 가르칠 수 없다."

♣ 퇴계가 율곡에게 준 잠언

　23세의 젊은 학자로서 세상에 명성을 널리 떨치기 시작한 율곡이 퇴계의 학문과 덕망이 높음을 우러러 보고 천릿길을 멀다 않고 예안의 계상서당(溪上書堂)으로 퇴계를 찾아 내려온 것은 퇴계의 나이 58세 때의 일이었다.

　두 사람은 절륜한 학자로서 며칠간 같이 지내며 사제 간의 우애를 나누며 많은 대화를 나누었다. 율곡은 떠나기 전에 퇴계에게 말했다.

　"선생님, 제가 한평생 좌우명으로 삼을 잠언(箴言)을 한 말씀만 내려 주십시오."

　"그대가 워낙 총명한 사람이니 내가 그대에게 무슨 잠언을 들려줄 수 있겠나."

　항상 겸허했던 퇴계는 이렇게 말했다.

　"아닙니다. 간절히 부탁하오니 잠언을 꼭 내려주십시오."

　"그대가 그토록 소망이라면 내가 꼭 부탁하고 싶은 말을 한 마디만 하겠네."

　그리하여 퇴계는 다음과 같은 잠언을 율곡에게 주었다.

持心貴在不欺
立朝當戒喜事
마음가짐에 있어서는 속이지 않는 것을 귀하게 여기고
벼슬자리에 올라서는 일을 좋아하기를 경계하라.

율곡은 퇴계와는 달리 유학의 본령을 출세행도(出世行道)에 두고 있었기 때문에 그의 앞날을 걱정해서 그런 말을 해 준 것이다. 퇴계는 소신대로 정치를 펴지 못할 바에는 깊은 학문을 닦아서 세상을 구도하려고 하는 반면, 젊은 율곡은 자신의 포부를 펴는 일에 많은 관심을 가지고 있었다. 퇴계는 그 점을 경계하여 "벼슬자리에 오르더라도 부질없이 일을 일으키려고 하지 말라"는 지상의 훈시를 미리 해주었던 것이다. 율곡은 평생 그 말씀을 가슴에 아로새기며 만사를 행하였고 훗날 퇴계가 세상을 떠나자 제문을 지어 바치며 몹시 슬퍼했다.

"아아, 슬프고도 슬픈 일입니다! 나라의 원로를 잃으니 부모가 돌아가신 것 같습니다, 내가 일찍이 배움을 잃고서 할 일 없이 방황할 때, 마치 사나운 말처럼 날뛰는 나의 잘못된 길을 바로잡아주신 것은 실로 선생뿐이셨습니다."

제4장
세상을 지배하는 법

위기는 또 다른 기회다
인간은 정지할 수 없으며 정지하지 않는다.
그래서 현 상태로 머물지 아니하는 것이 인간이며,
현 상태로 있을 때, 그는 가치가 없다.
— 장 폴 사르트르

프로는 정면으로 승부한다

10년만 노력하면

짧은 여가라도 꾸준히 선용하면 큰 가치를 나타낼 수 있다.

하루하루 살아가는 가운데,

헛되이 보내는 한 시간을 따로 유용하게 쓰면,

평범한 능력을 가진 사람도 과학의 한 분야쯤은 정통할 수 있다.

그리고 머리가 아둔한 사람도 10년만 노력하면

한 분야의 박식한 전문가가 될 수 있다.

— S.스마일즈 / 자조론

자신만의 지식 영토를 개발하라

성공한 사람들은 정신적인 자유를 만끽할 수 있는 자신만의 지적 영토를 가지고 있다. 프로정신을 가진 사람들에게 자기가 먹고살 만한 대가는 반드시 오기 마련이라고 믿고 있는 것도 자신만의 지식 영토를 가지고 있기 때문에 가능한 것이다.

그것을 지그 지글러는 자기만의 프로그램을 갖는 것이라고 말하였다.

"성공하는 사람은 자기만의 프로그램을 갖고 있다. 그는 자기가 거칠 과정을 설정하고 거기에서 벗어나지 않는다. 계획들을 입안하고 실천하며 자기의 목표를 향해 곧바로 나아간다. 자기가 가고자 하는 곳을 알고 꼭 거기로 갈 것임을 안다. 자기가 하는 일을 사랑하고 자기 목표의 대상에게로 자기를 데려다줄 그 여행을 사랑한다. 늘 열망으로 끓어오르고 강한 집념으로 가득 차 있다. 이런 사람이 바로 성공한 사람이다."

21세기 지식정보 사회 속에서 현대인은 지식과 정보가 해일처럼 밀려오는 정보의 바다에 서 있다. 자기분야의 전문적인 지식을 가지고 있지 않으면 남들에게 뒤쳐지게 되고 낙오하기 십상이다. 그것을 모두 접하고 자기 것으로 만들기 위해서는 하루 24시간도 너무 짧다.

그러나 진정한 프로는 많은 것을 알려고 하지 않는다.

잡다한 정보의 홍수 속에는 너무도 쓸데없는 정보들이 떠돌아다니는 탓에 프로들은 지식과 정보를 접하는 것도 중요하지만, 일단 접하게 된 지식과 정보를 자기 것으로 만드는 데 주력한다. 지식과 정보를 모으고 자기 것으로 가공하는 기술을 가진 자만이 자신만의 지식 영토를 확보할 수 있다.

인생에서 성공하기 위해서 당신은 자신의 지식 영토를 제대로 확보한 사람이 되어야 한다.

그것은 좋은 학교를 다니고 그렇지 않은 것과는 상관이 없다. 인터넷 시대에는 언제, 어디서나 마음만 먹는다면 누구나 공부를 할 수 있다. 각자 자기 분야의 일에 관한 지식 영토를 마련하고 자기만의 확고한 지식을 개발하라. 그래야 그 범주 속에서 자신만의 파워 영역을 확보하고 자신의 일을 성공적으로 이끌어 보다 밝은 미래를 만들 수 있다. 나만의 지식 영토를 만드는 일은 성공한 사람이 되기 위한 필수 사항이다.

10년만 자기 분야의 전문잡지를 구독하라

자신만의 영토를 확보하려면 매일 매일 쏟아져 나오는 신문이나 인터넷의 지식 정보들을 접하는 것도 좋지만, 지나치게 상식 이상의 잡다한 지식을 많이 아는 것은 능력의 낭비가 될 수 있다.

나는 여기서 자신도 모르게 자기 분야의 전문가가 되는 방법을 제시하고자 한다.

그것은 자기 일과 연관된 전문잡지를 한 달에 한 권 이상 정기적으로 읽는 것이다. 당신은 이 간단한 방법으로 프로의 반열에 올라설 수 있다. 성공한 사람이 되려면 10년 이상 그런 습관을 가져야 한다. 그렇게 하면 자기만의 지적 영역이 생겨나고 올바른 미래를 개척할 수 있다. 그것은 아주 대수롭지 않은 일처럼 보이지만 나도 모르는 사이에 커다란 수련이 된다.

이것은 당장 실천에 옮기는 것이 좋다. 그냥 취미로 생각하던 일이 놀라운 결과를 나타낼 수도 있다. 어느 날 자신도 모르는 사이에 자신이 그 분야에 해박한 지식을 가지고 있다는 것을 발견하게 될 수 있다. 그것을 세월의 힘이라고 말하는데, 그때쯤 당신은 자기 분야에서 독수리가 높은 곳에서 먹잇감을 내려다보는 듯한 넉넉한 시야를 가지게 되어 그 분야의 전문가가 되어 있을 것이다.

나는 당신에게 전문가는 아주 단순하지만 꾸준한 노력을 통해서 단련된다는 것을 말하고 싶다. 이런 과정을 거쳐서 자신만의 지식 영토를 확보하게 된다는 내 말을 가슴 깊이 새겨들었으면 좋겠다.

이렇게 자기만의 지적 영토를 갖춘 사람은 진정한 프로가 되어 매사에 정면으로 승부하는 자신감과 능력 그리고 근성을 가지게 된다.

평생 지식 영토를 확장하라

프로가 된 사람은 학교 공부를 마치고 석사 혹은 박사가 되었다고 거기에 만족하지 않는다.

그들은 오히려 그것이 시작이라고 생각하고 더 넓고 깊은 영역을 탐구해 들어간다. 더구나 오늘날과 같이 사회 변동이 심하고 지식이 하루가 다르게 쏟아져 나오는 시대에는 더욱 그러하다.

21세기는 지구촌이 하나로 모아지는 국제화 시대다.

이제는 우물 안 개구리처럼 한 나라 안에서만 뛰어난 사람이 되어서는 별 의미가 없다. 세계화 시대를 맞이하여 전 세계의 여러 민족과 함께 공존하는 방법을 터득해야 한다. 이미 세계는 일일 생활권으로 묶여지고 사람들은 국가나 민족의 개념을 벗어나서 살아가고 있다.

그렇다고 국가나 민족 단위의 삶이 지구상에서 사라진다는 말은 아니다. 다만 우리는 세계화 시대를 역행할 수 없고, 그러한 시대를 맞이하여 보다 큰 포부와 신념으로 세계를 리드해 나가야 한다는 것이다.

21세기는 누구나 세계를 무대로 맹활약을 해야만 하는 시대이다.

이미 우리나라는 국내 인구의 15%에 달하는, 600만 명이나 되는 해외교포가 있어 세계 어디를 가나 우리나라 사람을 만날 수 있다. 또한 우리나라에는 100만 명에 가까운 아시아의 각국 사람들이 들어와 3D 업종 등 여러 직종에 종사하고 있다.

이제 당신은 자신의 일을 대한민국이 아닌 전 세계 어디에서든지 이행할 수 있다. 앞으로는 국가보다는 '지구촌'이라는 개념으로 세계를 인식해야 한다는 것을 명심해야 한다.

지구촌 시대가 전개됨에 따라 여러 나라간의 이해가 얽힌 국제 문제와 관련된 직업 수요가 다양해 질 것이며 국경도 없어질 것이다. 삶의 가치관과 풍습이 다른 사람들과 어울려 자신의 일과 사랑을 나눌 수 있다면 그것처럼 흥미롭고 즐거운 일도 없을 것이다.

비전을 제시하라

위대한 기업을 세우고자 한다면
위대한 꿈을 가질 용기가 있어야 한다.
작은 꿈을 꾼다면 작은 것을 이루는 데는 성공할 것이다.
손만 뻗으면 잡을 수 있는 꿈이 무슨 가치가 있겠는가?
나는 작은 꿈 대신 큰 꿈을 꾸었다.

— 하워드 슐츠, 스타벅스 회장

비전을 가진 사람이 성공한다

진정한 프로들은 솔선하여 행동함으로써 다른 사람들에게 비전을 제시할 줄 안다. 그것은 시대가 어렵다거나 주변 상황이 좋지 않을 때 더욱 두드러지게 나타나는 현상이기도 하다.

시대가 영웅을 만든다는 말이 있다. 성공한 사람들은 그 상황에서 갑자기 튀어나온 존재가 아니라 평상시에 준비된 자세로 자신의 충실한 삶을 살고 있다가 영웅으로 떠오르는 것이다.

빌 게이츠가 소프트웨어의 황제가 된 것은 초등학교 시절부터 프로그래머로서 닦아 온 탄탄한 기반이 있었기에 가능했다. 또 스티브 잡스가 자신이 만든 회사인 애플사에서 쫓겨난 지 11년만에 다시 회장으로 복귀하여 화려하게 부활한 것도 본인만이 지닌 실력이 없었다면 불가능한 일이었을 것이다.

지금은 21세기 전자정보혁명과 새로운 지식혁명이 지구를 휩쓸고 있는 시대다.

당신은 이 시대를 선도할 마음의 준비가 되어 있는가?

지금까지 인생의 목표를 정하고 실재적 계획을 짜는 일을 차질 없이 진행시켜 왔다면 그것은 가능할 것이다.

정보와 지식의 바다를 항해하여 콜럼버스처럼 미지의 대륙을 찾아 닻을 내리는 자만이 성공을 거둘 수 있는 시대에 우리는 살고 있다.

이제부터 자신이 계획한 목표대로 나아가려면 그 일을 실행할 수 있는 실력이 준비되어 있는가를 꼼꼼히 따져보아야 한다. 신념과 열정이 넘치더라도 실력이 없으면 앞으로는 정말 살아나가기 힘든 세상이 될 것이기 때문이다.

우선 당신은 자신이 무엇을 할 수 있는지 판별할 줄 알아야 한다. 잠재되어 있는 자신의 주특기를 파악하는 일은 바로 자신의 미래를 여는 실마리가 된다.

그다음 자신만의 노하우를 쌓으며 실력을 쌓는 일이 필요하다. 지금은 과거처럼 단순히 경험을 쌓는 것만으로 일을 할 수 있는 시대가 아니다. 만약 그렇게 한다면 과거의 영역에서 한 발자국도 벗어나지 못하게 될 것임이 분명하다. 발로 뛰고 머리로 생각하며 부단히 노력해야만 살아남는 시대에 도래했다.

이제 어떤 분야에서 일을 하건 당신은 자신의 임무를 완성하는 데 필요한 정보가 어디에 있는지 알아야만 한다. 또 그 정보를 기초로 자신의 지식을 어떻게 조합하고 운영해야 하는지 명쾌하게 알고 있어야 한다. 문제 해결의 실마리가 어디에 있는지 미리 파악하고 일을 실행한다면 업무 처리 속도는 엄청나게 빨라진다. 거듭 말하지만 정보화된 지식사회에서 살아남기 위해서

는 그 능력을 배가시키기 위한 부단한 자기계발 노력이 필요하
다.

이제 기회는 당신에게 있다.

시대가 비전을 당신에게 제시하고 있다. 그 비전을 당신의 것
으로 만들어서 더욱 뛰어난 가치를 창출하는 지혜를 만들어 내야
한다. 그리하여 이 시대에 당신만이 보여줄 수 있는 새로운 비전
을 던져야 할 것이다.

이것은 결코 쉬운 일이 아니다.

정보화 물결이 지나가면서 새롭게 등장하게 될 지식사회는 엄
청난 센스와 통찰력, 사태를 종합하는 종합력이 필요한 시대이기
때문이다. 그 능력은 부단한 노력과 훈련을 통해서 체득되는 것
이기에 남들보다 많은 시간동안 그 일에 매달려야만 한다.

그러기 위해서는 항상 마음을 비우고 아이디어를 찾아내 새롭
게 응용하는 능력을 길러야 한다. 이 시대는 열심히 일하는 사람
을 필요로 하고 있기는 하지만 열심히 일하는 것에만 만족하지
않고 지식을 활용해 부가가치를 창출하는 전문가를 더욱 필요로
한다. 이제 자기 관리, 자기계발은 피할 수 없는 대세이자 21세기
지식사회에서 살아남기 위한 유일한 대안이다.

비전을 가진 사람이 되는 방법

이 일에 동참하지 못한다면 당신은 이 시대와 함께 가지 못하고 뒤떨어져서 밑바닥 인생을 걷게 될 것이다.

우선 자기 관리에 대한 확신과 신념을 가지는 것이 좋다. 우리가 그동안 이 책을 통해서 지속적으로 이야기해 왔듯이 그런 신념만 가지고 있다면 무슨 일이든 긍정적인 효과를 불러일으킬 수 있을 것이다.

디지털 혁명은 모든 사람들에게 평생교육을 받을 것을 요구하고 있다. 당신은 그 교육의 기회를 놓치지 말아야 한다.

미래 핵심기술로 꼽히는 정보기술IT, 생명공학기술BT, 초정밀기술NT 등 이른바 '3T'로 대변되는 새로운 산업흐름을 모르고는 시대의 미아가 될 것이다. 이러한 시대에 프로페셔널이 되기 위해서는 철저한 자기 관리를 통한 디지털 생활 습관화와 지식 재무장이 반드시 필요하다.

그러한 기반 위에서 창의력을 발휘하는 사람이 새로운 비전을 제시하는 사람으로 떠오를 것이다.

1970년대 중반, 빌 게이츠와 스티브 잡스가 개인용 컴퓨터 시대의 도래를 재빨리 감지하고 그 시대의 새로운 비전을 제시하며 승승장구한 끝에 세계 최고의 갑부가 되어 세계를 리드하는 것을 생각해 보라.

그러나 디지털 시대라고 해서 새로운 비전을 그 속에서만 찾으려고 해서는 안 된다. 아무리 디지털 시대라고 해도 사람이 사는 세상에는 온갖 다양성이 숨어 있다는 것을 알아야 한다.

이제는 고인이 되었지만 정주영 회장이 500마리의 소를 몰고 휴전선을 넘었을 때의 신선한 충격과 감동을 생각해 보라.

1998년 6월 16일, 그가 판문점을 통해 통일소라고 명명된 500마리의 소를 앞세우고 북한 방문 길에 오르면서 보여준 압도적인 장면은 온 국민의 가슴을 설레게 했다.

그 일로 인해 그는 국제적인 주목을 받는 인사가 되었고 분단 이후 정부 관리의 동행 없이 판문점을 통과한 최초의 민간인이 되었다. 그가 그러한 비전을 제시할 수 있었던 것은 불가능을 모르는 불굴의 도전 정신 때문이다.

당시 그는 아들들로 인한 '왕자의 난'으로 경영 위기에 몰려 있었지만 자기 자신의 한계와 능력을 너무나 잘 알고 있는 경영의 귀재였다. 그러한 그였기에 절묘한 아이디어로 자신의 사업을 다시 일으키는 동시에 남북 경협의 물꼬를 트겠다는 다목적 카드를 제시할 수 있었던 것이다. 그것은 기업인으로서 항시 깨어 있던 정신력이 밑받침 되었기에 가능한 일이었다. 그는 그렇게 비상한 추진력으로 남과 북을 잇는 새로운 다리를 놓음으로써 한민족에게 새로운 비전을 제시하였고, 금강산 관광과 개성 공단 사업을 일으켜 굳게 닫혔던 북한의 문을 열었다.

그의 번득이는 아이디어는 이 시대를 이끌어가는 지혜를 보여주는 좋은 예이다. 정주영은 아날로그 세대의 마지막 주자 같은 사람이었지만 디지털 세대를 앞서가는 샤프함을 보여주는 데 탁월한 역량을 보여준 사람이기도 하다.

그는 1982년 미국 조지워싱턴대학 명예경영학 박사학위 취득 기념 만찬회에서 이런 말을 했다.

"나는 내 자신을 자본가라고 생각해 본 적이 없다. 나는 아직도 부유한 노동자일 뿐이며 노동을 해서 재화를 생산해 내는 사람일 뿐이다."

당신이 시대를 이끌어가는 리더가 되겠다는 마음을 먹고 있다면 부단한 노력으로 거기에 걸맞는 사람이 되고자야 한다.

우선 자기 자신에게 스스로 비전을 제시하는 연습을 하라. 날마다 10분씩이라도 기도하듯이 자신에게 귀 기울이고 내면의 소리를 듣는다면 10일도 되기 전에 자신이 가고자하는 미래의 이미지가 차츰 머릿속에 떠오를 것이다. 그렇게 떠오른 이미지를 자신의 모습으로 현실화시키는 데 노력을 기울여라. 그렇게 되면 당신은 자기 자신 뿐 아니라 다른 사람들의 마음도 움직일 수 있는 비전과 목표를 제시할 수 있는 사람이 될 것이다.

꿈을 꾸지 않으면 성공은 없다. 그리고 능력은 노력에 의해서 열매를 맺는다. 재능은 있지만 노력을 게을리 하는 사람보다 평범하지만 열심히 노력하는 사람이 훌륭한 업적을 이루어 내는 경우가 더 많다는 것은 이미 잘 알려진 사실이다. 소질과 수완은 일을 함에 있어 필요 요소이다. 하지만 그 일이 열매를 맺게 하는 데는 역시 노력만한 것이 없다. 그러한 노력이 성공하게 되면 당신의 앞날은 활짝 열릴 것임이 분명하다.

구체적이면서 눈에 보이는 확실한 개인 비전의 수립이야말로, 자신을 리더로 성장시키는 첫 번째 요인이다. 10~20년 후의 명확한 비전을 책상 위에 써서 걸어놓지 않는 사람은 성공하기를 포기해야 한다.

그러나 아무리 노력을 해도 역부족이라는 판단이 서는 경우라면 절망하지 말고 같은 분야를 주도하고 있는 동호회나 연대모임에서 자신이 모자라다고 생각되는 부분을 보충하도록 하라. 그것은 목표에 도달하기 위한 새로운 방법일 수 있다. 하지만 그 속에 참여는 하되 그들에게 휩쓸려서는 아무것도 건질 수 없다는 것을 명심해야 한다. 자신의 중심을 잃으면 오히려 역효과만 날지 모르기 때문이다. 당신이 성공하고 남들에게 인정받기 위해서는 현재 자신이 하고 있는 일을 명확하게 알고 정확히 말할 수 있어야 한다. 그것이 자신과 일의 진실을 제대로 인식하는 방법이다. 그러한 구체적인 인식을 통해서 당신은 자신만의 새로운 비전이 창출하는 길을 열 수 있을 것이다.

위기는 또 다른 기회다

인간은 정지할 수 없으며 정지하지 않는다.

그래서 현 상태로 머물지 아니하는 것이 인간이며,

현 상태로 있을 때, 그는 가치가 없다.

ㅡ 장 폴 사르트르

실패에서 배운다

고난과 손실을 겪고 나야 사람은 더욱 겸손하고 현명해진다.

어리석은 자들은 실패가 두려워서 아무 일도 못하고 망설이다가 인생을 보낸다.

한 번 실패했다고 절망하고 좌절하는 사람들이 얼마나 많은가?

젊은 시절 그 한 번의 실패에 의기소침해 하거나 다시 도전할 의지를 가지지 못한다면 그것은 큰 문제이다.

사람은 희망에 속느니보다 절망에 속는다고 한다. 스스로 만든 절망을 두려워하지 말아야 한다. 무슨 일을 시작하여 실패를 했을 때, 이것은 내가 마음을 제대로 닦지 못했고 덕이 부족한 탓이라고 돌려야 한다.

실패를 하면 그 실패에서 무엇인가를 배우려는 자세가 필요하다. 또한 실패나 과오를 인정하는 것을 부끄럽게 생각하지 않는 것이 좋다. 그 실패와 과오를 안다는 것은 어제보다는 오늘이 현명해진 것을 나타내는 것이다.

큰일을 이룬 인물들은 실패에서 배우고 실패를 밑거름으로 일어난 사람들이 대부분이다.

옛날 중국의 전국시대(戰國時代)를 살던 사람 중에 소진(蘇秦)이라는 이가 있었다.

그는 6개 나라의 재상을 지내며 역사에 길이 남을 명성을 드날린 사람이지만 젊은 시절은 아주 불운했다.

제나라에 있는 귀곡(鬼谷) 선생을 찾아가 학문을 익혔지만, 후에 아무도 그를 받아 주는 곳이 없어 누더기 옷에 초라한 몰골로 집으로 돌아왔다.

그러자 형제자매와 형수, 심지어 아내조차 비웃으며 냉대와 구박을 했다.

그러나 소진은 꾹 참고 방 안에 틀어박혀 책만 읽었다. 때로는 밤중까지 책을 읽다가 깜빡 졸기도 했는데 그럴 때면 뾰족한 송곳으로 자기 허벅지를 찔러 졸음을 내쫓고 흐르는 피를 닦지도 않은 채 계속 글을 읽어 내려갔다.

그는 태공망의 〈병법서〉를 읽으면서 7개국의 정세를 분석했고, 1년 후에는 스스로 '서마(瑞摩)의 술(術)'이라는 특이한 독심술을 익힐 수 있었다. 즉, 가만히 앉아서도 상대의 마음을 읽을 수 있게 된 것이다.

"이제는 내가 능히 제후들을 설득할 수 있을 것이다."

자신감이 생긴 그는 다시 세상을 주유하며 7개국의 정세를 분석하고 진나라를 제외한 6개국이 영합하여 진나라의 침략을 물리치자는 주장을 내세웠다. 그의 주장은 즉각 6개국의 지지를 얻었고 6개국의 재상을 겸임하게 되었다. 보통 사람은 평생 1개국의 재상을 하기도 힘든데, 혀끝 하나로 6개국의 재상이 되었다는 것은 대단한 일이 아닐 수 없다.

이 이야기를 통해 본 그의 성공은 지난날의 실패가 없었더라면 이루어지지 못했을 것이다. 그는 피나는 노력을 기울였고 그만큼 열심히 책을 읽은 탓에 높은 안목과 정확한 판단력을 가지게 된 것이었다.

실패가 끝은 아니다

소진의 경우에서 보았듯 성공한 사람들은 어떠한 시련과 위기가 닥치더라도 항시 의연한 자세로 그것을 받아들이고 실패를 두려워하지 않는다. 그들은 어떤 일이든지 헤쳐나갈 자세가 되어있는 사람들이다.

보통 사람들이 어떤 목표를 세우고 진행할 때, 가장 장애가 되는 것은 실패에 대한 두려움이다. 그래서 많은 사람들이 목표를 쉽게 이루는 방법을 찾으려고 애를 쓴다. 만약 당신이 그러한 생각을 가지고 있다면 차라리 아무것도 하지 않는 편이 낫다고 말하고 싶다.

아무 일도 시작하지 않으면 실패하는 일도 없다. 그러나 그러다 보면 당신의 인생은 어떠한 도전도 하지 못한 채 종착역에 다다라 있을 것이다. 만약 그렇게 된다면 그처럼 완벽하게 실패한 인생은 없다.

당신은 그렇게 어리석은 행동을 할 것인가?

현명한 사람은 그런 과오를 범하지 않는다. 그럴 생각이었다면 인생 계획표 같은 것을 만들지도 않았을 것이다.

어리석은 사람들이 빠지기 쉬운 그런 어리석음에서 벗어나 용기를 가지고 목표를 향해 달려 나가야 한다.

세상의 어떤 사람이라도 자신이 하고자 하는 일을 100% 확신하고 추진하는 사람은 없다. 아무리 큰 소리를 치는 사람이라도 그의 내면에는 늘 실패의 두려움이 깔려 있다. 그러나 진정으로 용기가 있는 사람은 큰소리치지 않고 자기의 일에 열심히 매진함으로써 그 두려움을 잊고 성취되어가는 일의 과정을 보면서 차츰 성공에 대한 자신감을 얻어 간다.

아무리 노련한 '골프 황제' 타이거 우즈라도 매 경기마다 두려움에 잠긴다고 한다. 실제로 우즈는 매번 우승만 하는 것이 아니다. 운동선수들은 때때로 평소 자신의 실력 이하의 모습을 보일 때가 있다. 이때 흔히 슬럼프에 빠졌다는 말을 하곤 한다. 자칫 슬럼프에 빠지게 되면 자신의 기본 실력도 발휘하지 못하는 경우가 있기에 세계 최고의 실력을 가진 그도 어이없는 실수를 저지르고 랭킹 순위에서 벗어나는 경우가 종종 있다. 하지만 끊임없는 노력으로 평소의 실력으로 끌어올리는 것을 볼 수 있다.

실패하는 일이 생기더라도 매일 매일 새롭게 도전하는 것이 중요하다. 무슨 일이든지 용기를 가져야 한다. 어렵고 힘든 상황에 처해 있을 때 용기만큼 믿음직스러운 것은 없다. 용기가 없는 사람은 우선 자기 자신의 마음부터 단련시켜야 한다.

용기가 있고 자신감이 넘치는 사람은 어떠한 고통이나 고뇌에도 잘 참아내어 승리를 거머쥐고 만다. 당신은 결코 쉽게 굴복해서는 안 된다. 그렇지 않으면 불운이 불운을 불러들여 더욱 견디기 어려운 난관에 빠져들게 되고 말 것이다. 목표 설정을 하면서 스스로를 이렇게 납득시켜야만 한다.

"너한테 완벽한 것을 기대하는 것은 아니야. 다만 최선을 다하면 되는 거야."

그런 생각을 매일 되풀이하라. 그렇게 하면 당신은 기분이 편해지고 자신감이 용솟음치는 것을 느끼게 될 것이다. 실패를 두려워할 필요는 없다. 하루가 시작될 때 목표를 정한 다음, 자기 자신에게 이렇게 말을 걸어 보아라.

"너는 실패를 참 많이 하는 사람이야. 하지만 넌, 그 실패를 잘 극복해 낼 수 있어."

이 말은 어디선가 들은 것 같은 울림으로 가슴에 다가올 것이다. 그것은 자기 자신의 목소리이기 때문이다. 자기 자신을 잘 알고 있는 사람은 머리를 짜내고 이리저리 궁리를 하여 스스로의 약점을 극복해 낸다. 분별력이 있는 사람은 어떠한 경우에도 굴복하지 않고 스스로 운명의 별자리를 바꾸어 버린다.

'인생은 학교다. 그곳에서의 실패는 성공보다 더 훌륭한 교사다'란 말이 있다. 실패는 실수로 인한 것이든 불운으로 인한 것이든 우리 삶의 등대가 되고 인생의 길라잡이 역할을 하게 된다는 의미다.

'실패를 모르는 자와는 술도 같이 마지지 말라'는 속담도 이와 같은 것과 연계하여 생각해 볼 수 있다.

어느 날 한 인터뷰에서 마쓰시타 고노스케는 이런 말을 했다.

"나는 단 한 번도 실패를 한 적이 없습니다. 실패란 실패했을 때, 포기하면 실패가 됩니다만, 성공할 때까지 끝까지 밀고 나간다면 실패는 실패가 아니니까요."

누구나 소원을 성취해서 성공하고 싶어하지만, 성공하는 사람과 실패하는 사람 사이에는 그렇게 될 수밖에 없는 확실한 차이가 있다. 마쓰시타의 말처럼 끝까지 밀고 나가는 인내와 집념도 중요하지만, 일을 처리할 때의 마음가짐과도 깊은 관계가 있다.

성공하는 사람은 아무리 어려운 일을 만나도 어떻게든 방법을 찾아내려고 노력하는 반면, 실패하는 사람은 그 일이 어려우면 중도에 포기하고 남의 탓을 하거나 자기 잘못이 아니라고 극구 변명을 늘어놓기 일쑤이다. 그리고는 항상 앞날에 대한 걱정과 근심만 늘어놓고 실제적 행동을 하지 않는다.

그러나 성공하는 사람은 그 일이 너무 어렵고 힘이 들면 자신의 역량이 아직 부족하다고 생각하여 자기보다 나은 사람에게 무언가 배우려고 노력한다. 그리하여 그는 결국 성공에 이르는, 보다 더 좋은 방법을 찾아내고 만다.

누구나 성공을 원하지만 이렇게 성공에 다가서는 사람의 정신자세나 행동방식은 다르다. 당신이 목표한 어떤 일을 제대로 수행하지 못한 경험이 있다면 혹시 지금까지 소극적인 자세로 현실을 도피하거나 남의 탓으로 돌린 일이 없는가를 검토해 보라. 만약 그런 일이 있다면, 보다 적극적이고 긍정적인 태도로 바꾸어 나가야 한다.

실패를 이겨나가는 힘

1914년 어느 겨울 밤, 에디슨의 공장이 불에 타버렸다. 그의 한 평생 노력의 결과가 완전히 없어진 것이다. 화재소식을 듣고 달려온 에디슨은 바람을 타고 퍼져 나가는 화염을 바라볼 수밖에 없었다.

그때 에디슨의 나이 67세였고, 그것은 에디슨에게 닥친 재기불능의 재난처럼 보였다. 그러나 다음날 아침 에디슨은 잿더미로 변한 공장을 둘러보면서 이렇게 말했다.

"지금까지 우리가 저지른 모든 시행착오와 실패들이 완전히 타버리고 없어졌다. 이제 우리는 그런 실패들을 거치지 않고 다시 시작할 수 있게 되었다."

그리고 3주일 후에 에디슨의 공장은 첫 축음기를 생산하는 데 성공했다.

독일의 철학자 쇼펜하우어는 실패를 이겨나가는 사람들의 힘을 이렇게 말했다

"좌절을 경험한 사람은 자신만의 역사를 갖게 된다. 그리고 인생을 통찰할 수 있는 지혜를 얻는 길로 들어선다. 강을 거슬러 헤엄치는 사람만이 물결의 세기를 알 수 있다."

평생 같이 할 친구를 만든다

나는 어렸을 때부터 보통 사람과 위대한 사람들 간의 차이는
'그리고 조금 더'라는 세 마디 말로 설명할 수 있다고 믿어 왔다.
정상에 오른 사람들은 맡은 일을 훌륭히 했고,
그리고 조금 더한 사람들이다.
그들은 남의 사정을 돌보고 도와주며,
그리고 조금 더 힘써 준다.
자신의 책임과 의무를 공정하게 부족함이 없이 수행하고,
그리고 조금 더 일한다.
친구들에겐 좋은 친구가 되고, 그리고 조금 더 우정을 베푼다.
이런 사람이면 급한 일이 생겼을 때 충분히 의지할 수 있고,
그리고 조금 더 믿을 수 있다.

— J.F.번스

친구를 보면 그 사람을 안다

성공한 사람들은 친구를 함부로 사귀지 않는다. 그 친구를 보면 그 사람을 알 수 있다는 말이 있듯이 성공한 사람들은 자기의 격에 맞는 친구를 골라서 사귈 줄 안다.

유대인의 경전 〈탈무드〉는 친구를 사귈 때는 나보다 한 계단 높은 곳에 있는 사람을 사귀고, 결혼을 할 때는 나보다 한 계단 아래의 여자를 선택하라고 가르치고 있다.

어린 시절의 친구는 대부분 동네나 학교에서 우연히 만나게 되지만, 나이가 들수록 자신이 스스로 친구를 선택해야 한다.

인생의 파도를 헤쳐 나가는 데 있어 지혜나 돈은 아주 중요한 역할을 한다. 그러나 이것보다 더 중요한 것이 있으니 그것은 바로 사람이다. 그중에서 친구는 천만금을 주고도 바꿀 수 없는 소중한 존재라고 할 수 있다. 왜 그럴까?

그것은 사람은 혼자서는 살 수 없는 존재이기 때문이다.

쓸쓸하고 외로울 때, 술잔을 함께 기울이며 대화를 나눌 수 있는 친구가 있는 사람은 결코 외롭지 않은 삶을 살 것이다.

몇 년 동안 전혀 만나지 못하다가 만났는데도 어제 만났다 헤어진 것처럼 늘 정겨운 친구가 있다면 얼마나 즐거운 일이겠는가?

특히 그런 사람 중에는 초등학교, 중학교, 고등학교 시절인 10 대에 만난 친구들이 많다. 그것은 아무런 사심 없이 만나서 자란 탓에 내 것, 네 것의 구분 없이 서로를 생각하는 동심이 그들 사이에 진하게 묻어 있기 때문이다.

친구는 내가 가야 할 길이 무엇인지를 함께 고민할 수 있는 사람이고 평생을 두고 함께할 가장 큰 재산이라고 할 수 있다.

나이가 들면서 만나는 친구는 단지 끌리는 마음이 아닌, 지적인 통찰에 의해서 선택해야 한다. 사회생활을 하면서도 아무나 마음이 끌린다고 관계를 맺는다면 당신은 종국에 아무 일도 하지 못하게 될지도 모른다.

배울 것이 있는 사람과 교제하도록 하라. 배움이 있는 우정은 즐거움으로 가득 차 있는 지혜의 전당이다. 만약 당신이 훌륭한 사람을 벗 삼아 배움과 즐거움을 나눌 수 있다면 그것은 가장 훌륭하고 고귀한 지혜를 얻는 방법이 될 것이다.

현명한 사람은 어리석은 사람들을 가까이하지 않는다. 함께 만나서 떠들고 즐거워하는 것만으로 친구가 되는 것이 아니라는 것을 그들은 알고 있기 때문이다. 만약 당신이 심심한 시간을 때우기 위해 어떤 사람을 만났다면 그 사람이 좋아서라거나 절친한 사이이기 때문이 아니다. 그것은 그의 능력을 신뢰해서라기보다는 그와 여흥을 지내다보니 생긴 호감일 뿐이다.

친구는 이렇게 사귄다

우정에는 진실한 우정과 진실하지 못한 우정이 있다. 후자는 오락을 위한 것이고 전자는 훌륭한 생각과 행동의 결실에서 오는 것이다. 당신은 뛰어난 인물이 되기 위해 어떠한 사람과 교제를 해야 할 것인가를 깊이 생각해야 한다.

친구는 너무 많은 것도, 너무 없는 것도 문제가 될 수 있다. 지나치게 친구가 많아 그들과 어울리는 시간을 많이 할애하는 사람은 실제로 해야 할 자신의 일을 제대로 하지 못하는 경우가 생길 수도 있다. 반면 어떤 사람은 친구가 한두 명에 불과해서 언제나 그들하고만 어울리는 경우가 있다. 친구가 너무 많은 사람은 자기중심을 잡지 못하는 일이 생길 것이고, 친구가 너무 없는 사람은 성격적으로 소심해질 수 있다.

퇴계 이황 선생의 제자 이덕홍(李德弘)이 선생에게 물었다.

"공자께서 자기보다 못한 사람을 친구로 삼지 말라고 하셨으니, 그렇다면 자기보다 못한 사람과는 사귀지 않아야 하는 것입니까?"

그러자 퇴계가 대답했다.

"보통사람은 자기보다 못한 사람과 벗하기를 좋아하고 자기보다 나은 사람과는 벗하기를 꺼려하기 때문에, 공자께서 그런 사람을 위해서 하신 말씀이다. 그 말은 자기보다 못한 사람을 일체 벗하지 말라는 뜻이 아니다. 만약 한결같이 모두 자기보다 낫고 착한 사람만 가려서 벗하고자 한다면 얼마나 편협한 일이 되겠느냐?"

그러자 다시 이덕홍이 물었다.

"하지만 아무나 사귀다가 악한 사람들과 휩쓸려 그 속에 빠져 들어가게 되면 어찌합니까?"

그러자 퇴계 선생이 다시 말했다.

"착하면 따르고 악하면 고치지 않겠느냐? 착함과 악함은 모두 다 우리의 스승이다. 만약 악에 휩쓸려 빠져 들어가기만 한다면 학문은 무엇 때문에 하는 것인가?"

이것은 퇴계선생의 〈언행록〉에 있는 퇴계와 제자 이덕홍의 문답이다. 벗을 가려서 사귀고 또 걸핏하면 자기와 마음이 맞지 않는다 하여 절교하는 일은 바람직하지 못한 일이라는 것을 가르치는 말이다. 이렇게 선인들은 벗을 가리거나 벗을 탓하기보다 언제나 자기수양이 앞서야한다고 말하고 있다.

친구는 또 다른 자아

오늘날처럼 세속적인 이해관계만 우선시하는 세상에서는 대부분의 사람들이 사람의 됨됨이보다는 사회적 지위나 재산의 많고 적음에 따라 친구를 선택하는 경우가 많다.

그러나 자신과 함께 희로애락을 겪고 시련을 딛고 선 사람이 가장 좋은 친구라는 것을 알아야 한다. 눈앞에 보이는 이득이나 명성만 좇아서 옛 친구를 무시하고 다른 기회를 넘본다면 누구도 성공할 수 없다.

우정을 지키는 일은 새로운 친구를 사귀는 것보다 소중하다. 오랜 우정은 만족감을 줄 뿐만 아니라, 서로 의지하고 살아가는 힘이 된다는 것을 알아야 한다. 처음에는 미숙하더라도, 오래갈 수 있는 친구를 찾아야 한다.

사회적인 부와 명성만을 좇는 사람들 사이의 우정이란 어떠한 조건을 떠나서는 존재하지 않는다는 것을 알아야 한다. 만약 당신이 그런 사람들과 사귀다가 실패라도 당해서 물러났을 때 주변에 그렇게 많던 다정했던 사람들은 하나도 없을 것이다. 친구가 없는 것만큼 적막하고 쓸쓸한 일은 없다.

당신은 자신의 어려움이나 슬픔, 고난이나 불행까지도 모두 껴안을 수 있는 그런 친구를 가지고 있는가?

그런 친구를 가지도록 노력해야만 한다. 진정한 친구들은 지위에 따라 아첨하는 무리가 아니라 서로의 삶의 양식에 따라 선택할 수 있는 친구이다. 그런 우정은 기쁨을 더해 주고 슬픔을 감해 준다는 것을 알아야 한다.

그리고 그러한 친구를 오래 간직하고 싶으면 그에게 너무 기대하는 것은 금물이라는 것을 알아야 한다. 친구에게 너무 많은 것을 기대하다보면 오히려 실망이 많아지고 비교하는 일만 생길 것이다. 친구란 그냥 옆에 있으면 마음이 편안해지고 안 보면 그리운 존재로서 좋은 것이다. 때로는 가까이 있을 때보다 멀리 떨어져 있는 편이 나은 친구도 있다. 떨어져 있으면 서로의 결점이 눈에 띄지 않기 때문이다. 만나서 이야기를 나누면 답답해도, 편지나 이메일을 주고받으면 마음이 통하는 경우도 있다.

진정한 친구를 갖는다는 것은 또 하나의 인생을 갖는 것이다. 어떤 친구라도 진정한 마음이 오고 가기만 한다면 무언가 이익을 주게 마련이다. 서로 나눌 것이 많으면 배울 것도 많다.

당신은 그렇게 행복을 가져다주는 친구에게 경의와 예의, 이해심을 보여야 마땅하다. 그러면 그 친구도 같은 것을 마련해 줄 것이다.

가장 좋은 친구를 얻는 길은 내가 먼저 상대의 단점까지 껴안을 수 있는 준비가 되어 있어야 한다는 것이다. 이 말은 평생의 친구를 찾으려면 자신 스스로 먼저 누군가의 평생의 친구가 되어야 한다는 뜻이다.

어쨌거나 친구는 도의심이 있는 사람을 사귀는 것이 좋다. 이 말은 백 번을 강조해도 좋은 말인데 그런 친구는 당신에게 세상의 이치마저도 가르쳐 줄 수 있기 때문이다. 도리를 일깨워 주는 친구의 날카로운 비판이 있다면 당신은 매사에 엄청난 승리를 거둘 수 있을 것이다. 그 친구가 던진 말 한 마디는 다른 수많은 선의에 가득 찬 따뜻한 말보다도 훨씬 값진 결과를 얻어낼 것이기 때문이다.

당신은 지금 그런 친구를 몇이나 가지고 있는가?

지금 답하려고 하지 마라.

앞으로 많은 친구와 만나고 헤어지고 그리고 또다시 만나게 될 것이다. 그들 중에서 소중한 친구를 만들도록 노력하라. 그리고 현명한 친구는 보물처럼 다루도록 하라. 인생에서 만나는 수많은 사람의 호의보다 한 사람의 친구로부터 받는 우애와 사랑이 더욱 유익할 때가 있을 것이다.

진실된 인생을 살려면 친구는 되는 대로, 아무 때나 사귈 것이 아니라, 신중하게 선택해서 언제나 신뢰할 수 있는 친구를 만드는 노력이 필요하다.

그런 친구는 풍부한 인생 경험을 가지고 수없는 고통과 즐거움을 함께 해 온 사람이다. 그런 친구가 있으면 인생의 기쁨은 더해지고, 어떠한 불행이 닥쳐도 함께 헤쳐나갈 수 있다. 실로 어려운 일이 닥쳐왔을 때, 곁에 있어주고 다시없는 받침대가 되어 주며 따뜻한 위로를 나눌 수 있는 사람만이 친구라는 이름으로 불릴 자격이 있다.

그런 사람들은 이미 자아실현을 이룩한 사람들이다. 자아실현을 이룬 사람은 말 속에 밝은 마음과 슬기로운 생각이 넘쳐흐르고, 분별력이 있는 행동을 한다. 그렇기에 사람들로부터 환영받고 누구나 친구가 되고 싶어 한다.

그런 친구를 가진 사람들은 서로를 자신의 분신이라고 생각한다.

그렇다. 진정한 친구를 가진 사람은 친구는 또 다른 자기, 즉 제2의 자신이라고 믿고 있다.

그러기에 그들은 언제나 거리낌 없이 지혜를 빌려 주고 괴로움과 즐거움을 같이 한다. 그들은 함께 있으면 무엇이든 할 수 있고 어떠한 난관도 헤쳐 나갈 수 있다.

나는 당신이 값진 인생을 보낼 수 있느냐 없느냐는 곁에 좋은 친구가 있느냐 없느냐에 달려있다고 거듭 강조하고 싶다.

관포지교의 우정

'관포지교(管鮑之交)'라는 고사를 통해 중국 역사에서 가장 귀 감이 되고 있는 관중(管仲)과 포숙아(鮑叔牙)의 우정에 대해서 알 아보자.

춘추시대 제(齊)나라에 죽마고우 사이인 관중과 포숙아라는 사 람이 살고 있었다. 관중은 젊었을 때에 집이 가난하여 포숙아와 함께 장사를 했는데 언제나 포숙아 보다 많은 돈을 가져갔다. 그 러나 포숙아는 이를 알고도 관중을 탓하지 않았다. 관중이 가난 하고 생활이 어려워서 그러는 것이라고 이해해 주었다. 관중이 전장에 나갔다가 도망쳐 왔을 때도 사람들 모두가 관중에게 손가 락질을 했지만 포숙아는 관중이 홀어머니를 모셔야 하기 때문에 그랬을 것이라며 오히려 주변 사람들을 설득했다.

그 무렵 제나라에서는 소백(小白)과 규(糾)라는 두 왕자 사이에 정권 다툼이 있었다. 그때 관중은 규의 밑에 들어가 일했고, 포숙 아는 소백을 섬기고 있었다. 두 왕자가 싸움을 벌이는 통에, 관중 과 포숙아는 어쩔 수 없이 적이 되었다. 한 번은 관중이 소백을 겨누어 활을 쏘았는데, 다행히 허리띠 장식에 맞아서 소백이 목숨을 건진 적이 있었다. 소백은 그 싸움에 이겨서 왕위에 올랐다. 그가 바로 환공(桓公)이다.

환공은 자기를 죽이려고 한 관중을 잡아들여 당장 사형에 처하라고 명했다.

그때 포숙아가 목숨을 걸고 나서서 환공을 말렸다.

"왕께서 제나라 하나만 다스리는 것으로 만족하신다면 신(臣)만으로 충분할 것이나, 천하의 패자가 되시려면 관중을 기용하십시오."

포숙아는 관중은 유능한 인재이니 절대 죽이지 말고 오히려 재상의 자리에 임명해달라고 간청했다.

도량이 넓고 식견이 높은 환공은 신뢰하는 포숙아의 진언을 받아들여 관중을 중용하고 정사를 맡겼다. 그렇게 포숙아는 자기가 차지할 수 있었던 재상의 자리를 관중에게 양보했다.

훗날 관중은 죽마고우인 포숙아에 대한 감사한 마음을 이렇게 표현했다.

"일찍이 내가 젊어서 포숙과 장사를 할 때 늘 이익금을 내가 더 많이 차지했으나 그는 내가 욕심이 많다고 생각하지 않았습니다. 내가 가난하다는 것을 알고 있었기 때문입니다. 또 그를 위해 한 어떤 일이 실패하여 그를 궁지에 빠뜨린 적도 있었지만 나를 어리석다고 여기지 않았습니다. 세상일에는 성패의 운이 있다는 걸 알고 있었기 때문입니다. 또 나는 벼슬길에 나갔다가 물러나곤 했었지만 그는 내게 무능하다고 말하지 않았습니다. 내게 운이 따르고 있지 않다고 생각했기 때문입니다. 그뿐이 아닙니다. 싸움터에서도 도망친 적이 한두 번이 아니었지만 그는 나에게 겁쟁이라고 말하지 않았습니다. 내게 늙은 어머니가 계시다는 것을 알고 있었기 때문입니다. 진실로 '나를 낳아 준 이는 부모이지만 나를 알아준 이는 포숙아라고 할 수 있습니다(生我者父母, 知我者鮑叔也)."

관중과 포숙아의 이야기는 참된 친구가 어떤 권력이나 부를 얻는 것보다 값진 것임을 깨우쳐준다.

제나라 환공은 관중의 훌륭한 보좌 덕에 춘추시대 최초의 패자(覇者)가 되었는데 관중이 제나라 재상이 될 수 있었던 것은, 그의 능력을 알아준 친구 포숙아가 있었기 때문이다. 그래서 세상 사람들은 관중의 재능보다 오히려 친구를 잘 이해해준 포숙아의 인간성을 더 높이 평가하고 있다.

그들은 때로 정치적인 입장이 달랐으나 죽는 날까지 둘 사이의 우정에는 변함이 없었다. 그들의 우정을 중국의 시성(詩聖) 두보(杜甫)는 이렇게 읊었다.

손을 젖히면 구름 일고

손을 엎치면 비 내리니

우글거리는 경박한 무리 어찌 헤아릴 것인가.

그대는 관중포숙(管仲鮑叔)의 가난할 때 사귐을 보지 않았는가.

이 도리를 지금 사람은 버리기를 흙같이 하누나.

— 두보, 〈빈교행(貧交行)〉

♣ 루소의 우정

'만종', '이삭줍기', '종치는 사람', '양치는 소녀' 등 수많은 명화를 남긴 프랑스의 천재 화가 밀레도 젊은 시절에는 가난에 몹시 시달렸다.

그도 그럴 것이 그때는 아직 그의 이름이 세상에 알려지지 않은 상태였으며 첫 번째 아내가 죽은 뒤, 두 번째로 맞이한 아내가 아이를 너무 많이 출산하는 바람에 가난을 더욱 부채질했던 것이다.

어느 해 겨울, 엄동설한이 닥쳐왔다. 그러나 그림은 팔리지 않았고 결국은 식생활의 위협까지 받게 되었다.

빵을 구울 밀가루도, 난로를 지필 땔감도 없이 식구들은 허기를 참으며 차디찬 냉방에서 등을 맞대고 서로의 체온으로 추위를 쫓는 형편이었다.

그즈음, 밀레의 친구 루소가 그를 찾아왔다. 당시 루소는 신진 화가로서 인기를 얻고 있었다.

루소는 밀레의 손을 부여잡고 이렇게 말하였다.

"밀레! 기뻐하게. 자네의 그림을 사겠다는 미국인이 나타났어."

"뭐라고? 그게 정말인가?"

"그럼, 정말이고말고. 자, 이걸 보게나. 이 돈은 그 미국 사람에게서 받은 선불이야. 거기에다 그림의 선택도 내게 일임했단 말일세. 실은 오늘 함께 올 예정이었는데 급한 사업상의 용무가 생겨 아침 일찍 런던으로 떠나면서 내게 이 돈을 주었다네."

루소는 이렇게 말하면서 봉투 속에서 3백 프랑의 돈을 꺼내어 밀레에게 보여주었다. 그 순간 가난에 찌든 밀레의 얼굴에 생기가 돌았다.

"루소, 참으로 고맙네. 이제 우리 식구는 살게 되었어. 자, 어서 자네 마음에 드는 그림을 고르게."

"이 사람아! 고르고 말고 할 것이 뭔가… 난 자네 그림이라면 눈을 감고서도 알 수 있단 말야. 그렇다면… 3백 프랑으론 좀 헐하다고 할지 모르겠지만, '접목(接木)하는 농부'의 그림으로 하면 어떨까?"

"음, 좋고말고. 오히려 내가 비싸게 판셈일세 그려."

밀레는 만변에 기쁨을 감추지 못하며 그림에다 사인을 끝낸 다음 친구의 손에 그림을 들려주었다.

그러나 사실 그 그림을 사간 사람은 루소였다. 친구의 가난을 보다 못해 도와주고 싶었지만 자칫 기분이 상하지 않을까 고민을 하던 중, 이 같은 연극을 꾸민 것이다. 이러한 루소의 마음은 오랫동안 훈훈한 우정으로 이어졌다.

제5장
유머감각을 길러라

제로섬 게임을 피하라
시작과 창조의 모든 행동에
한 가지 기본적인 진리가 있다.
그것은 우리가 진정으로 하겠다는 결단을 내린 순간
그 때부터 하늘도 움직이기 시작한다는 것이다.
— 괴테

마음의 여유를 가져라

걸음을 맞추지 않으면 않을수록 당신이 충만하고,
여유 있고, 만족스럽고, 행복한 삶을 살 기회는 더 많아진다.
당신이 관습에 얽매이지 않을수록, 괴짜가 될 수록 더 좋다.

—어니 J. 젤린스키 / 게으르게 사는 즐거움

마음의 건강학

"어떤 일을 하는 데 있어 즐겁게 하는 사람과 그렇지 아니한 사람과의 수명 차이는 10년 이상이나 난다. 비단 수명의 차이뿐만 아니라 사회적인 지위나 물질적 소유 등 모든 면을 살펴볼 때, 우리는 절대적이라 할 만큼 즐거운 기분을 항시 소유해야 한다. 성공하고 부를 누리며 장수하는 사람일수록 유머가 풍부한 이유는 그 때문이다. 다시 말하면 부자이기 때문에 즐거워진 것이 아니라, 즐겁게 살기 때문에 부자가 되었다는 뜻이다."

〈마음의 건강학〉을 쓴 사사키 모리오라가 한 강연에서 한 말이다.

다소 억지스런 말처럼 들리기는 하지만 틀린 말은 아니다.

'일소일소(一笑一少)' 란 말이 최근에 과학적으로도 맞다는 연구 결과들이 나오고 있다.

그런 점에서 본다면 성공한 사람은 많은 점에서 혜택 받은 사람이란 생각이 든다. 자기가 하고픈 일을 하는 것 하나로 즐거움, 장수, 부, 세 가지 모두를 거머쥔 셈이니 말이다.

일을 즐겁게 하는 것은 몸에 엔돌핀의 증가를 만들어내고 신진대사를 원활하게 하여 활력이 넘치게 해 준다. 활력은 그 사람의 얼굴빛을 밝게 하고 주위 사람들에게 신뢰감을 준다.

그래서 사람들은 그를 진심으로 받아들이게 되고 그렇기 때문에 설령 그가 하는 일이 어려움을 겪거나 실패를 했을 때 도움을 주려 한다.

긍정의 힘은 그만큼 크다.

마음의 여유란

대부분의 야심가들은 외면적으로 대단한 성공을 거둔 것처럼 보이지만, 그 내면을 들여다보면 엄청난 상처를 안고 있는 경우가 많다. 권력이나 재산을 늘리기 위해 육체적 · 정신적 정력을 쏟아 부으며 자신의 에너지를 소모하기 때문이다.

하지만 그들은 아직 젊기에 사업을 저돌적으로 추진하며, 여가를 즐기기보다는 어떤 일을 추진하는 데 더 큰 가치를 부여한다.

그 대표적인 인물로 1917년 볼셰비키 혁명을 일으켜 제정러시아를 무너뜨리고 세계 최초의 공산주의 국가인 소비에트 연방을 일으킨 레닌을 들 수 있다.

레닌은 자그마한 체구에 병약해 보이는 얼굴을 지닌 인물이었지만, 20년 이상 유럽 대륙을 떠돌면서 공산주의 이론을 공부하고 동지들을 규합한 이론가이자 선동가였다. 20세기에 들어서서 제정러시아가 온갖 부정부패로 무기력해지자 그는 민중을 선동하기 시작했다. 그의 주장은 일부 추종자들에게만 먹혀들 뿐, 그가 꿈꾸는 무산대중의 봉기는 일어나지 않았다.

그러나 그는 포기하지 않고 불굴의 투지를 발휘해 러시아 민중의 마음을 사로잡는 데 성공했다.

그리고 마침내 소비에트 혁명을 완수하고 권좌에 올랐다.

하지만 무산대중의 어버이가 된 지 5년 만인, 54살의 한창 나이에 쓰러졌다.

만약 그의 곁에 진정한 친구나 스승이 있었다면 그렇게 허망하게 쓰러지지 않았을지도 모른다. 그는 자신의 일과 열망에 지나치게 몰두한 나머지 가장 소중한 건강을 잃어버린 것이다.

사실 인간이 가장 확실하게 소유할 수 있는 것은 시간뿐이다. 그 시간은 누구에게나 공평하게 주어지며 훔치거나 도둑맞을 일도 없다.

그러나 그 귀중한 시간을 너무 일에만 열중하다 보면 자신의 인간적인 한계를 잊어버리고, 마치 자신이 절대자라도 된 양 행동하곤 한다. 또한 인간은 한번 야심이 불 붙으면 몸의 기능이 쇠

할 때까지 빠져나오지 못할 정도로 미련한 존재다. 따라서 시간의 충고에도 귀 기울일 줄 아는 넉넉한 마음이 필요하다.

너무 지나치게 성공에 매달리지 말라. 그것에 연연하다 보면 스스로를 짓밟고, 결국 레닌처럼 질식하고 만다. 과감하게 자신의 현실과 멀리 떨어져야 한다.

성공한 사람은 세속적 성공보다 마음의 안식을 찾아 자신만의 시간을 갖는다.

여유를 만드는 방법

이제까지 살펴본 것처럼 성공한 사람은 마음의 여유를 가진 사람들이라는 것을 알 수 있다. 그들은 대부분 느긋하고, 사소한 일에 연연하지 않으며, 어떤 일에 얽매이지 않고, 분수를 지키고 집착하지 않는다.

다음의 예는 그것을 잘 설명해 줄 것이다.

한 아주머니가 남편의 수입이 적은 탓에 동네에 구멍가게를 냈다. 아주머니는 무척 친절하고 예의가 바른 사람이었다. 그녀는 한번 온 손님 모두에게 최선을 다하는 모습을 보여주었고, 그렇기에 시간이 흐를수록 가게를 찾는 손님이 점점 많아졌다. 트럭으로 물건을 들여놓을 정도로 장사는 날로 번창했고 하루 종일 정신없이 물건을 팔아야 될 지경에 이르렀다.

하루는 남편이 퇴근하여 정신없이 물건을 파는 아내에게 말했다.

"당신이 장사를 너무 잘 하는 바람에 우리 동네 다른 가게들은 손님이 거의 없더군. 저 건너편 가게는 아예 문을 닫아야 할 것 같아."

이 말을 들은 부인은 다음 날부터 물건을 트럭으로 주문하지 않았다. 그리고 파는 물건의 종류도 줄여서 손님들이 찾아오면 이렇게 말했다.

"그 물건은 건너편 가게에 가시면 살 수 있습니다."

그 후 시간이 많아진 부인은 좋아하던 독서를 다시 할 수 있었고, 틈틈이 글도 쓰기 시작했다.

이는 훗날 〈빙점〉이라는 유명한 소설을 쓴 미우라 아야꼬 여사의 젊은 시절 이야기다.

당신도 너무 많은 욕심 때문에 주위를 둘러볼 수 있는 여유를 빼앗기고 있는 게 아닌지 살펴보라. 한가하고 여유롭게 책을 읽고, 산책을 하고, 명상에 잠기는 시간을 가진 사람은 그만큼 여유 있고 행복한 삶을 사는 것이 아닐까?

다정다감한 친구와 커피를 한잔하거나, 식사를 같이 하며, 대화할 수 있는 여유를 권하고 싶다.

마음의 여유를 즐긴 하이든

매우 절박한 상황을 마음의 여유로 슬기롭게 벗어난 이야기로 하이든의 일화가 있다.

하이든이 한 악단의 지휘자로 일하고 있을 때였다.

그 악단의 단장인 에스터하치 후작이 개인적인 이유로 악단을 해산시키려고 했다. 이 소식을 전해 들은 하이든은 아무 말도 하지 않고 그 자리에서 심포니 한 곡을 작곡했고 곡명을 '고별 심포니' 라고 붙였다.

그 곡은 연주자가 자기 연주를 마치면 차례차례 일어나 안으로 사라지고, 마지막에는 한 사람만 남아 최후의 연주를 하게 되어 있었다. 연주가 시작되었고, 연주자들은 자신이 맡은 곡의 연주를 마치고 자기 앞의 불을 끄고 차례차례 밖으로 나갔다. 마침내 콘트라베이스 연주자 혼자 악보 앞에 서 있다가, 마지막 불을 끄고 조용히 무대에서 사라졌다.

후작은 그 무대에 깊은 감명을 받았다. 그 후 자신의 잘못을 깨달은 그는 악단을 유지시키기로 결심했다.

그러자 하이든은 또 한 곡의 심포니를 작곡했는데, 그것은 고별 심포니와 반대로 한 악기로 시작해 차츰 다른 악기들이 더해가는 곡이었다. 연주자들이 차례차례 들어와 자기 앞에 불을 켜고 연주를 시작했다. 그리하여 악단은 다시금 환한 조명 아래서 희망의 소리를 내기 시작했다.

이렇게 하이든은 자신의 감정을 자신이 가장 잘 할 수 있는 음악으로 절묘하게 표현함으로써 악단을 유지함과 동시에 많은 감동을 전할 수 있었다.

이렇듯 억지로 무슨 일을 꾸미려 하기보다는 자기 마음의 리듬에 순종하면서 나아가야 한다. 그리고 한꺼번에 모든 것을 얻으려 하기보다는 매일 꾸준한 노력을 기울여 자신이 꿈꾸는 바를 이루어야 한다.

답은 한 가지만 있는 게 아니다

당신은 어떤 문제에 봉착하게 되면 그 답을 찾으려고 무척 애를 쓴 경험이 있을 것이다. 그러나 세상에 반드시 한 가지 답만 있는 경우는 오히려 드물다.

너무나 유명한 〈탈무드〉에 이런 이야기가 있다.

어떤 젊은이가 유대인을 연구하기 위해 성경을 공부하고 그와 관련된 여러 가지 책을 읽었다. 그러나 아무리 공부를 해도 그는 유대인이 아니었기 때문에 유대인에 대해 잘 알 수 없었다. 그러던 어느 날 그는 유대인의 생활 규범이 되고 있는 탈무드를 공부하지 않는 한, 유대인을 이해할 수 없다는 것을 깨달았다.

그래서 그는 랍비를 찾아가 문을 두드렸다. 랍비는 유태교의 승려로 유대인에게 있어서 때로는 교사이고 때로는 재판관이며 때로는 어버이가 되기도 하는 매우 존경받는 존재였다.

"랍비께서 탈무드에 대해 잘 아신다는 소문을 듣고 저도 배우려고 찾아왔습니다."

이 말을 들은 랍비는 말했다.

"내가 보기에 당신은 탈무드를 배울 사람이 못 되는 것 같소!"

뜻밖의 거절에 젊은이는 어리둥절해 하며 말했다.

"도대체 제가 왜 탈무드를 배울 사람이 못 된단 말입니까? 정 그렇다면 제가 배울 수 있는지 없는지를 어디 한 번 시험해 보아 주십시오."

그러자 랍비는 한 가지 문제를 냈다.

"어느 날 두 소년이 굴뚝 청소를 하고 내려왔습니다. 그런데 청소를 끝내고 내려온 두 소년의 얼굴이 전혀 딴판이었습니다. 한 소년의 얼굴에는 새카맣게 그을음이 묻어 있는데, 또한 소년의 얼굴은 그을음이 묻지 않은 깨끗한 얼굴이었습니다. 자! 당신은 두 소년 중에 누가 얼굴을 씻을 거라고 생각하십니까?

이러한 질문에 젊은이는 너무 쉽다는 표정을 지으며 대답했다.

"그야 물론 얼굴에 그을음이 묻은 아이가 씻겠죠."

젊은이의 대답을 예상이나 한 듯 랍비는 냉정하게 말했다.

"역시 당신은 탈무드를 배울 자격이 없는 사람이군요."

"그렇다면 그 문제의 해답은 무엇입니까?"

"만일 당신이 탈무드를 공부하게 되면, 그 물음에 지혜로운 답을 말할 수 있을 것이오. 두 소년 중에 얼굴이 더러워진 소년은 다른 소년의 얼굴을 보고 자기는 깨끗하다고 생각할 것입니다. 반대로 얼굴이 깨끗한 소년은 다른 소년의 얼굴이 더러워진 것을 보고 자기 얼굴도 그처럼 더러워졌을 것이라고 생각하여 얼굴을 씻게 될 것입니다."

"아, 그렇군요."

젊은이는 몹시 당황해 하며 다시 한 번 시험해 줄 것을 부탁했다. 그러자 랍비는 그에게 처음과 똑같은 질문을 했다.

"두 소년이 굴뚝 청소를 하고 내려왔습니다. 누가 씻겠습니까?"

젊은이는 답을 알고 있었으므로 자신있게 대답했다.

"그야 물론 깨끗한 얼굴의 소년이겠지요."

그러자 랍비는 고개를 저으며 말했다.

"틀렸소. 역시 당신은 탈무드를 공부할 자격이 없군요."

그는 매우 낙심하여 랍비에게 다시 물었다.

"그렇다면 도대체 탈무드에서는 어떻게 말하고 있습니까?"

그러자 랍비는 냉담한 표정을 지으며 말했다.

"두 소년이 같이 굴뚝을 청소했는데 어떻게 한 아이는 깨끗하고 한 아이만 더러워질 수가 있겠습니까? 두 아이 모두 얼굴이 더러워졌을 테니 둘 다 씻게 될 것이오."

이 이야기를 잘 음미하면 그 속에서 사물을 제대로 바라보는 눈과 세상을 바라보는 무한한 지혜를 배우게 될 것이다.

유머는 전략이다

유머란 깊이 있는 관찰 결과를 다정하게 전달하는 방법이다.

—리오 로스튼

리더는 뛰어난 유머감각이 있다

유명한 심리학자들이 모여 인간관계를 좋게 유지하는 데 필요한 것이 무엇인가에 대해 여론 조사를 실시했다.

그 결과 사람들은 첫째로 사랑과 관심, 둘째로 유머감각을 꼽았다.

그만큼 유머는 사람들 사이를 기름지게 하는 윤활유 같은 역할을 하고 있다.

성공한 사람들의 성격을 들여다보면 대부분 낙천적인 성격이고 유머감각도 뛰어나다는 것을 알 수 있다.

세상이 어둡고 암울한 면을 많이 가지고 있는 것도 사실이지만 만사를 어렵고 힘들게만 생각하면 아무것도 이룰 수가 없다. 그래서 성공한 사람들은 하나같이 세상을 긍정적으로 바라보고 밝은 세상을 꿈꾸며 뛰어난 유머감각을 가지고 있는 것이다.

성공한 사람들은 위트와 유머를 잘 구사한다면 인생의 기가 막힌 영양제가 된다는 것을 알고 있다. 그들은 분별 있는 행동을 중시하고, 결코 예의에 어긋나는 행동을 하지 않으면서 유쾌하고 멋들어진 농담으로 때로 어려운 난국도 거뜬히 뛰어넘는 수완을 발휘하고 있다.

일반인들이 매우 심각하게 생각하는 문제도 그들은 농담이나 장난으로 받아넘기면서 위기를 지혜롭게 극복한다. 이러한 것은 다른 사람들의 눈에 감동스럽고 멋진 태도로 보이고 무어라 말할 수 없는 야릇한 매력이 되어 상대방의 마음을 끌곤 하는 것이다

유머는 마음의 여유에서 생기는 것이며, 그것은 산골짜기 샘터에서 솟아나는 청량한 샘물처럼 우리들의 가슴을 맑게 해주는 역할을 하고 있다.

대정치가 처칠의 유머

영국의 뛰어난 정치가이자 웅변가인 윈스턴 처칠은 2차 세계 대전 중에 위대한 국가 지도자로 활약했을 뿐만 아니라 많은 강연과 훌륭한 저술로 노벨 문학상을 수상하기도 했다.

1945년. 처칠이 이끄는 보수당이 총선에 패해 수상 자리가 노동당 당수인 애틀리에게 넘어갔다. 애틀리는 집권하자마자 대기업의 국유화 정책을 적극적으로 추천했고, 의회는 이를 둘러싼 대립으로 늘 시끄러웠다.

어느 날, 국유화에 대해 치열한 설전을 벌이던 의회가 잠시 정

회된 사이 처칠이 화장실에 들렀다. 의원들로 만원이 된 화장실에는 빈자리가 딱 하나 있었는데 그건 바로 애틀리의 옆자리였다.

하지만 처칠은 볼일을 보지 않고 굳이 다른 자리가 날 때까지 기다렸다.

이를 본 애틀리가 말했다.

"제 옆에 빈자리가 있지 않았습니까. 왜 거길 안 쓰셨죠? 혹시 저한테 뭐 불쾌한 일이라도 있습니까?"

"천만에요."

처칠이 대답했다.

"수상 옆자리에 가려니 괜히 겁이 나서 그랬습니다. 당신은 뭐든지 큰 것만 보면 국유화를 하자고 주장하는데. 혹시 제 것을 보고 국유화하자고 달려들면 큰일 아닙니까?"

유머를 개발하라

동료를 기분 좋게 웃길 수 있는 유머야말로 성공인의 필수요소이다.

유머전략의 기본은 '수사반장'이란 말이 있다. 수사반장, 즉 이 말은 '수집하라', '사용하라', '반응을 살펴라', '장기를 살려라'의 줄임말이다.

이대로 실천한다면 당신도 유머의 대가가 될 수 있다.

구한말의 대선사 경허 스님이 남긴 일화를 보면 그가 얼마나 마음의 여유를 가지고 있었던 지를 잘 알게 된다.

어느 날 노승 경허가 그를 따르는 젊은 수도승과 개울을 건너게 되었다. 그런데 그 개울에 닿자 한 아리따운 처녀가 개울을 건너지 못해 발을 동동 구르고 있었다.

처녀는 부끄러움을 무릅쓰고 젊은 스님에게 도움을 요청했다.

"제가 꼭 이 개울을 건너야하는 일이 있어서 그런데 제발 좀 도와주세요."

그러자 젊은 스님은 처녀에게 정색을 하고 화를 냈다.

"불문에 든 사람이 여자를 가까이 하면 파계를 당하게 되어 있는데 어찌 젊은 처자가 그런 요구를 할 수 있단 말이오?"

그러나 처녀는 몹시 다급한 듯이 경허에게 다시 도움을 청했다. 그러자 경허는 선뜻 등을 내밀고 처녀를 업어 건너편에 내려주었다.

그리고 그는 아무 일도 없었던 듯 계속해서 갈 길을 걸어갔다. 그러나 젊은 스님의 마음에는 갈수록 의심이 생겨났다.

'혹시 이 스님은 땡초가 아닐까?'

젊은 스님은 경허에게 따져 묻고 싶었지만 이를 꾹 참고 경허를 따라 걸었다. 그러다 더 이상 참지 못하고 경허에게 따지듯이 물었다.

"스님, 어찌 그럴 수 있단 말입니까? 수도하는 스님이 어떻게 젊은 여자를 업을 수 있습니까?"

젊은 스님의 화난 목소리를 듣던 경허는 이렇게 말했다.

"이 어리석은 놈아! 나는 벌써 그 처자를 그 개울에 내려놓고 왔거늘, 네놈은 아직도 그 처자를 업고 있느냐?"

그러자 젊은 스님은 얼굴을 붉히며 아무 말도 못했다. 도인의 경지에 이른 스님이 아니고는 누구나 할 수 있는 말이 아니었던 것이다.

이렇게 자신의 경지에 다다른 사람들은 진리가 담긴 말을 한 마디 말로 토설해 낼 수 있는 능력을 가지고 있다. 자기 분야에서 1인자가 된 사람은 탁월함까지 곁들이고 있어 곱절의 영예를 얻게 되는 것이다.

배가 불러야 난리도 치른다

임진왜란 때, 백사 이항복이 선조 임금을 따라 의주로 피난을 갔을 때의 일이다. 김 상궁이라는 사람이 아버지의 제사 음식을 장만해서 임금과 대신들에게 푸짐하게 한 상씩 내놓았다. 대신들은 피난길에 만난 기름진 음식이라 침을 삼키지 않을 수 없었다. 그러나 가장 원로인 윤두수가 들어오지 않아 다들 기다려야 했다.

"그렇다면 나 혼자서라도 먼저 먹겠소."

다들 말렸지만 이항복은 개의치 않고 음식을 배불리 먹었다. 그때 윤두수는 선조를 만나고 있었다.

"전쟁으로 백성들이 배를 곯고 죽어 가는 판인데 일개 상궁이 아비의 제사 음식을 이처럼 차리다니… 말이나 되는 일이오? 어서 음식을 물리시오."

선조가 이렇게 호령하며 제사 음식을 물리치자 윤두수는 대신들에게 돌아와 덩달아 호통을 쳤다.

"그래, 대신이란 사람들이 전쟁통에 이런 음식을 먹겠다고 기다리고 있단 말이오? 임금께서도 음식을 물리치셨소! 제발 정신들 차리시오."

대신들은 너무나 아까웠지만 물러나 앉을 수밖에 없었다. 그들의 배에서는 꼬르륵 소리가 날 지경이었다.

그러자 이항복이 웃으며 말했다.

"그러게 진작 먹자고 했잖습니까? 배가 불러야 난리도 치를 것 아닙니까?"

이항복은 이렇게 재치와 익살이 뛰어난 인물이었다. 그는 40년 간의 관직생활 동안 당파싸움 같은 것에 휘말리지 않으려고 무던히 애쓰며 재치와 익살로 웃음을 뿌린 인물이었다. 그로 인해 임금도 늘 웃으며 즐거워했다고 한다.

사소한 일에 초연하라

예술가로서의 나에 대해서 말한다면,

나에 관해 쓴 모든 것에 대해서

내가 조금이라도 관심을 표명했다는 소문을

들은 사람은 없을 것이다.

— 베토벤

사소한 일에 목숨 걸지 않는다

아무리 훌륭한 사람이라도 종종 자신도 모르게 사소한 것에 연연해 할 때가 있다.

나중에 돌이켜보면 부끄러울 정도로 어떤 일에 연연해 하고 애를 태운 경험이 누구에게나 있을 것이다. 게임이나 오락 또는 그밖의 취미에서 빠져 헤어나지 못한 경험을 갖고 있지는 않은가. 사사로운 감정에 휘말려 누군가를 미워하고 질투하지는 않았는가. 이것만은 기억하자. 그런 것에서 쉽게 벗어나지 못하면 아무리 큰 꿈과 설계를 가지고 있더라도 성공에 이르지 못한다.

우리는 주변에서 게임이나 오락에 집착한 나머지 인생을 망치는 사람들을 종종 보게 되는데, 그것은 그들이 사소한 것에 목숨을 걸기 때문에 일어나는 현상이다.

사소한 일에 정신과 시간을 빼앗겨서는 안 된다. 그것은 인생의 목표를 이루는 데 아무런 도움도 되지 않을 뿐더러 인생을 갉아먹는 암적인 존재가 되어 나중에는 손을 쓸 수도 없게 된다. 그런 줄 알면서도 우리는 종종 어떤 유혹을 뿌리치지 못하고 거기에 매달린다.

때때로 우리는 친구와의 의리나 사사로운 정에 매여 이끌려 다니기도 한다.

그런 경우가 많아질수록 귀중한 시간만 빼앗기고 자신이 하는 일도 제대로 할 수 없다.

물론 사회생활을 하면서 기본적인 인간관계마저 내팽개치라는 것은 아니다. 어느 정도의 인간관계는 유지하되 자신의 인생계획에 차질을 줄 정도가 되어서는 안 된다는 말이다.

성공한 사람은 사소한 일에 초연해서 주변에서 어떤 일이 일어나도 아무런 반응을 보이지 않을 때가 많다. 자신이 목표한 일을 하기에도 시간이 부족하기 때문에 주변에 대해 신경을 쓰지 못하는 것이다. 그렇다고 주변 상황을 완전히 무시하라는 것은 아니다. 단지 자기 일 외에는 죽이 끓든 밥이 끓든 너무 깊게 상관하지 않는 것이 바람직하다는 말이다.

성공한 사람들은 자신의 옷차림이나 먹는 일, 자기가 사는 곳 따위에 거의 신경을 쓰지 않는다. 물론 그들 중에는 미식가나 다양한 패션을 즐기는 사람들도 있다. 또 호사스런 차나 요트를 타고 다니는 특별한 취미를 갖기도 한다.

그러나 대다수의 성공한 사람들은 자신이 꿈꾸는 일에 심취한 나머지 사소한 것에 별다른 관심을 갖지 않는다. 그들은 주변에서 누가 자기를 욕하거나 사사로운 시비에 휘말리더라도 대수롭

지 않게, 마치 자기 일이 아닌 듯 처신해 사람들을 깜짝 놀라게
하기도 한다.

소문에 초연한 사람이 되라

"소크라테스, 자네 그 소식 들었는가?"

어떤 사람이 길을 가던 소크라테스를 붙들고 물었다.

"무슨 소식?"

소크라테스가 물었다. 그러자 그 친구는 아주 재미있어 죽겠다
는 표정으로 말하기 시작했다. 그 이야기는 소문에 나도는 어떤
사람에 관한 것이었다.

"자네가 하려는 이야기, 사실인지 아닌지 다 알아보고 하는 건
가?"

소크라테스가 물었다.

"아니, 남들이 하는 이야기를 들었을 뿐일세."

"그런가. 그럼 그게 그렇게 재미있는 이야기가 아니지 않는가.
우리와는 상관도 없는 이야기가 아닌가?"

"아니, 자네는 이 이야기가 재미있지 않은가?"

"재밌기는 하지만 그 이야기가 유익한 것이어서 내가 꼭 알아

돼야 할 그런 것은 아닌 것 같네."

"그렇긴 하지만……."

"우리 그 이야기는 잊어버리기로 하세. 이 세상에 좋은 일도 많은데, 진실도 아니고 유익하지도 않는 값어치 없는 일에 간여할 여유는 없지 않은가."

소크라테스는 그렇게 말하고 가던 길을 걸어갔다.

데이비드 리드먼은 〈외로운 군중〉이란 책에서 이렇게 말했다.

"자주성이 없고 타인지향적인 사람들에게 영향을 주는 근원은 바로 동료들이다. 그 동료들이란 그가 직접적으로 알고 있는 사람이거나 매스 미디어를 통해 간접적으로 알고 있는 사람일 수도 있다. 그들은 이 근원을 삶의 길잡이로 생각하고 의존하는 버릇이 있는데 그 버릇은 어렸을 때부터 심어지고 있다는 점에서 내면적 근본에 속한다. 그러나 이 길잡이는 수시로 변한다. 그것은 발버둥치는 과정 그 자체일 뿐이다. 타인에 의해 영향을 받는 사람들이 생애를 통해 변하지 않는 것은 애쓰는 과정과 사람들을 그대로 따라가며 사는 과정일 뿐이다."

자신의 일에만 몰두한 사람들

아인슈타인은 돈에 무관심했다. 어느 날 그는 미국의 록펠러 재단에서 연구보조금으로 1천5백 달러짜리 수표를 받았는데, 그것을 무심코 읽고 있던 책에 끼워두었다. 그런데 얼마 후 그 책을 누군가 집어갔다.

그러자 아인슈타인은 이렇게 중얼거렸다고 한다.

"돈이 좋긴 좋은 모양이지, 책까지 돈을 보고 따라갔으니……."

전자기학의 기초 법칙인 '암페르의 법칙'을 발견한 프랑스 물리학자 암페르는 갑자기 유명해지자 방문객이 많아져 연구에 지장이 많았다. 방문객을 돌려보낼 수 있는 방법을 고민하던 그는 대문에 '금일 부재중'이라는 팻말을 내거는 기막힌 방법을 생각해 냈다.

그러던 어느 날이었다. 어려운 수학문제로 골몰하고 있던 그는 외출을 하고 돌아오다가 문에 걸린 팻말을 보았다.

"뭐야? 사람이 없군. 하는 수 없이 나중에 다시 와야겠군."

그러더니 돌아서서 다른 곳으로 가는 것이었다.

수학문제에 너무 몰두한 나머지 팻말을 본 순간 자신이 다른 친구의 집을 찾아간 것으로 착각했던 것이다.

그러한 착각과 초연함이 지나친 나머지 그들은 종종 자신이 가고자 하는 곳을 망각하기도 한다.

위의 경우는 조금 지나친 면이 있지만 '제대로 사는 인간' 은 너무 자신의 생각이나 일에 몰두한 탓에 나머지 일들을 사소한 것으로 치부해 버리는 경우도 있다.

사소한 일은 남에게 맡긴다

아인슈타인이나 암페르와는 다른 경우지만 사소한 것은 남에게 맡기고 더 큰 일에만 매진하여 한국 최고의 재벌을 일구어 낸 삼성그룹 창업주 이병철의 예를 들어보자.

그는 매우 치밀하고 정교한 사람이었지만 사소한 일에는 매우 대범한 자세를 경주한 사업가였다.

그를 '자유인으로 제대로 사는 인간' 이라고 표현하면 이의를 제기할 사람들도 있겠지만 어떤 면에서 그는 탁월한 '제대로 사는 인간' 이었다.

이병철은 삼성을 경영하는 50년 동안 단 한 번도 서류에 결재를 하거나 수표에 도장을 찍지 않았다. 사업가로서 가장 중요하다고 할 수 있는 인감도장과 수표를 다른 사람에게 맡긴 채 사업을 한다는 것은 여간해서는 있을 수 없는 일이다. 이병철은 처음부터 지배인에게 그것을 맡겨두고 자신은 사업 구상을 하거나 사업 시찰을 다니곤 했다. 그는 혼자서 모든 일을 할 수 없다는 것을 알고 있었기에 자기만의 일을 찾아 나섰고 그것을 몸으로 실천하였다.

이병철의 이러한 행동은 그만의 탁월한 용인술이라고 볼 수도 있다. 이는 '한비자'의 다음과 같은 말을 좌우명으로 삼고 배운 덕인 것 같다.

"한 사람의 힘으로는 다수의 힘을 이길 수 없다. 한 사람의 지혜로는 만물의 이치를 알기 어렵다. 한 사람의 지혜와 힘보다는 온 백성의 지혜와 힘을 쓰는 것이 낫다. 물론 한 사람의 생각만으로 일을 처리해도 성공하는 경우가 있지만 피로가 너무 클 것이고 실패할 경우 엉망진창이 되고 만다."

이처럼 성공한 사람들은 자기만의 일에 몰두하고 나머지 일은 내버려 두거나 다른 사람에게 일임한다. 동서고금의 유명한 권력자나 사업가 중에는 의외로 그런 사람이 많다는 것을 명심해야 할 것이다.

"곡식을 심는 일은 일년지계(一年之計)요, 나무를 심는 것은 십년지계(十年之計)이며, 인재를 양성하는 것은 백년대계(百年大計)이다"라는 말이 있다. 이병철은 자원, 자본, 기술, 노동력 등의 생산 요소 중에서 인적 자원을 기업의 가장 큰 성장 요인으로 보았다. 그는 늘 국가와 기업의 장래는 사람에 의해 좌우된다고 말했고, 자신의 수족처럼 움직여 주는 사람을 평생 찾았다.

이병철은 평생 인재를 찾아 나섰던 자신의 여정을 이렇게 회고했다

"나의 일생은 한마디로 무슨 사업을 할 것인가, 그리고 그것을 누구에게 맡길 것인가를 골몰하는 것이었다. 나는 내 인생의 80%를 그 일에 매달렸다."

피리 값을 너무 많이 지불하고 있지 않은가?

만일 당신이 지금 사소한 일로 고민을 하고 있다면, 원인이 되고 있는 그 문제의 가치를 정확히 판단해야 한다. 그래야 쓸데없

이 시간을 낭비하지 않을 수 있고, 고민도 해소할 수 있다. 만약 당신이 지금 인생을 낭비하는 일에 매달려 있다는 판단이 선다면 당장 그 일을 그만두어야 한다.

아무리 유혹이 크더라도 그것을 그만둘 수 있는 결단력이 있어야 한다. 인생은 당신이 목표로 한 일을 하면서 살기에도 너무나 짧다.

벤자민 프랭클린(Benjamin Franklin)은 어린 시절에 이런 경험을 했다.

그의 나이 7살 때였다. 그는 어느 날 피리를 부는 소년을 만났다. 그 모습에 온통 마음을 빼앗긴 그는 주머니의 동전을 다 털어서 피리와 바꾸었다. 집으로 돌아온 그는 신이 나서 피리를 불고 돌아다녔다. 그런데 그 피리를 얼마나 주고 샀는지 알게 된 형과 누나들이 네 배나 비싸게 샀다고 놀려댔다. 그는 분해서 엉엉 울고 말았다. 곰곰이 생각할수록 분하고 억울해서 피리를 부는 것에 흥미를 잃었다.

유년기의 이 같은 기억은 프랭클린에게 오래도록 잊지 못할 교훈이 되었다. 그에게 절약은 미덕일 뿐만 아니라 즐거움이었다.

훗날 노인이 되었을 때 그는 어린 시절을 회상하며 이렇게 말했다.

"사회생활을 하면서 수많은 사람들과 만나면서 그들의 행동을 살펴볼 기회가 많았습니다. 나는 그들을 관찰하면서 대부분의 사람들이 '피리 값을 너무 많이 지불하고 있다'는 것을 알게 되었습니다. 나는 인간의 불행은 대부분 사물의 가치를 잘못 평가해서 '피리 값을 너무 많이 지불하는 데' 그 원인이 있다는 결론을 내렸습니다."

당신은 살아가면서 얼마만큼의 피리 값을 치르고 있다고 생각하는가?

제로섬 게임을 피하라

시작과 창조의 모든 행동에
한 가지 기본적인 진리가 있다.
그것은 우리가 진정으로 하겠다는 결단을 내린 순간
그 때부터 하늘도 움직이기 시작한다는 것이다.

― 괴테

결과가 좋다면 비판 따위는 아무 문제가 되지 않는다

링컨은 미국 역사상 가장 큰 업적을 남긴 대통령으로 기록되고 있지만 그는 대통령 재임 시 하루도 편안한 날이 없었다. 왜냐하면 그는 미국 역사상 초유의 전쟁인 남북전쟁을 치르고 있었기 때문이다. 처음에 전쟁은 링컨의 북군 쪽에 불리하게 돌아가고 있었고 그를 비난하는 무리들은 날마다 그를 향해서 비난을 퍼부어 댔다.

만약 링컨이 자신에게 쏟아지는 신랄한 비난에 맞서 대응한다는 것이 어리석은 행위라는 것을 깨닫지 못했다면, 아마도 그는 남북전쟁 중에 과로로 쓰러지고 말았을 것이다. 아니, 그 이전에 이미 대통령이 될 수 없었을 것이다. 그가 자신에 대한 비난을 처리한 방식은 고전으로써 사람들에게 전해지고 있다.

그는 우선 국론분열에 따른 모든 이견이나 제안을 무시했다. 그것은 전쟁을 수행하고 자신의 의지를 펴나가는 데 아무런 도움이 되지 않을 것이란 판단 때문이었다. 그것은 훗날 제로섬 게임이라고 불릴 그런 일을 피하기 위해서였다. 링컨의 선택은 탁월했다. 그는 흔들림 없고 과단성 있는 대통령으로서의 모습을 보여 주었고 북군의 승리를 이끌어 냈다.

이러한 링컨의 탁월한 선택은 후에 지도자가 가져야 하는 리더십의 전범으로 회자되기 시작했다.

링컨의 그러한 의지를 담은 글귀를 맥아더 장군은 전쟁 중에 사령부의 자기 책상 위에 놓아두었고, 윈스턴 처칠은 액자에 넣어서 서재에 걸어 놓았다고 한다.

그것은 다음과 같은 문장이었다.

"내가 나에게 쏟아지는 비난에 신경을 쓰고 있다는 걸 느끼는 순간, 나는 공직을 사임하고 다른 사업을 시작하는 게 나와 국민을 위한 길이라고 생각한다. 나는 내가 알고 있는 지식을 총동원하여 최선을 다하고 있다. 그리고 포기하지 않고 끝까지 밀고 나갈 결심이 되어 있다. 그 결과가 좋다면 비판 따위는 아무 문제가 되지 않는다. 그러나 만일 결과가 좋지 않으면, 천사 10명이 나의 옳음을 증언해 준다 해도 그것은 아무 쓸모없는 것이 되고 만다."

따라서 부당한 비판을 받을 때는 다음 말을 상기하라.

"최선을 다하라. 자신이 옳다고 믿는 것이라면 다른 사람의 말을 두려워할 필요가 없다. 어떤 일을 하더라도 비판은 있기 마련이다."

어리석은 사람은 사소한 비판에 대해서도 흥분하고 화를 내지만, 현명한 사람은 자신을 비판하고 공격하는 사람에게서도 배우려 든다. 월트 휘트먼은 그것을 다음과 같이 설명하고 있다.

"당신에게 가르침을 주는 사람은 당신에게 상냥하고 부드럽게 대하여 칭찬을 해주는 그런 사람이 아니다. 당신의 주장에 반대하며 비난하고 배척하는 사람이다. 왜냐하면 그런 사람이 자기 주위에 있음으로써 다시 한 번 자신의 주장을 되돌아볼 수 있는 계기가 되기 때문이다. 당신은 당신 자신에 대한 혹독한 비평가가 되어야 한다. 당신에게 가해지는 비판을 기다리지 말고 당신 스스로 당신의 약점을 발견하고 보완해야 한다."

경쟁자의 의견은 자신의 생각보다
진실에 가까운 법이다

만약 어떤 사람이 당신에게 '바보 같은 놈' 이라고 말한다면 당신은 분명 화를 낼 것이다. 하지만 링컨은 그렇게 하지 않았다.

그가 대통령으로 있을 당시 육군 장관인 에드워드 M. 스탠튼이 링컨을 가리켜 '바보 같은 놈'이라고 매도한 적이 있었다. 대통령이 자신만의 고유 업무에 간섭했기 때문에 분통을 터뜨린 것이다.

그의 말은 곧 링컨에게 전해졌다. 그러자 링컨은 평온한 태도로 다음과 같이 대답했다.

"스탠튼이 나를 바보 같은 놈이라고 말했다면 나는 분명히 바보일 겁니다. 왜냐하면 그 사람의 말은 대개가 틀림이 없기 때문입니다. 그렇다면 내가 직접 거기로 가서 얼마나 바보 같은 행동을 했는지 한번 확인해 봐야겠습니다."

링컨은 그 즉시 스탠튼을 찾아갔다.

그리고 그의 설명을 들은 링컨은 자신의 명령이 잘못되었다는 것을 깨닫고 그 명령을 취소시켰다.

이처럼 링컨은 혹독한 비난을 받았지만, 냉철하게 자신을 분석하여 잘못된 점을 기꺼이 고친 것이다.

로쉬푸코는 이런 말을 했다.

"자신에 대한 경쟁자의 의견은 자신의 생각보다 진실에 가까운 법이다."

나는 이 말이 맞다고 생각한다. 그러나 누군가가 나를 비판하기 시작하면, 나는 그 사람을 원망하면서 자동적으로 방어 태세를 취하며 내 속으로 꽁꽁 숨어 버린다. 이것은 나로서도 정떨어지는 일이 아닐 수 없다.

인간은 합당하든 부당하든 간에 비난에 대해서는 분개하고 칭찬에 대해서는 기뻐하는 경향이 있다. 인간은 논리적이기보다는 감정적인 동물이기 때문이다.

그러므로 누군가가 우리에게 욕을 하고 비난한다 해도 자기 자신을 변호하지 않기로 하자. 그것은 어리석은 사람들이나 하는 짓이다.

그렇다면 그럴 때 어떻게 행동해야 좋을까?

만약 누군가에게 부당한 비판을 받아 화가 치밀어 오른다면 일단 분노를 자제하고 이렇게 마음속으로 외쳐 보는 것이 어떨까?

'세상에 완전무결한 인간은 없다. 어쩌면 이 비판이 옳은 것인지도 모른다. 그렇다면 이 비판을 오히려 감사하게 생각해야 한다. 화내기보다는 비판을 통해 무엇인가 배우려고 노력해야 한다.'

링컨의 가장 링컨다운 면모

이제 링컨이 가장 링컨다운 면모를 보여준 한 일화를 소개하고

자 한다. 나는 평소 게티즈버그에서의 그의 명연설보다도 이 일화를 좋아한다.

정치인으로서, 대통령으로서 그의 진면목을 보여주는 가장 인간적인 이야기이기 때문이다.

1863년 7월 4일, 리 장군 휘하의 남군은 게티즈버그에서 치열한 격전 끝에 북군의 총공세에 더 이상 견디지 못하고 후퇴하다가 포토맥 강에서 멈추고 말았다. 밤새껏 내린 폭우로 강이 범람하여 도저히 건널 수가 없었던 것이다. 리 장군은 그 자리에서 주저앉았다. 그들 뒤로는 의기충천한 북군이 포위망을 좁혀 오고 있으니 항복할 도리밖에는 다른 수가 없었다.

링컨은 남군을 궤멸시켜 전쟁을 종결할 호기가 찾아온 것을 기뻐하며 즉시 특사까지 파견하여 미드 장군에게 작전 회의 같은 건 생략하고 즉시 남군을 추격할 것을 명령했다. 그러나 미드 장군은 링컨의 명령과는 정반대로, 작전 회의를 열어 시간을 지체했고 여러 가지 구실을 만들어 즉각적인 공격을 거부했다. 그러는 동안, 넘쳐흐르던 강물은 줄어들었고 남군은 유유히 강을 건너 무사히 퇴각할 수 있었다.

링컨이 격노한 것은 당연한 일이었다. 몹시 분노한 링컨은 미드 장군에게 한 통의 편지를 썼다.

이 편지는 링컨이 분개한 상태에서 씌어진 편지로써, 표현을 상당히 조심하며 썼다는 점을 인식하고 읽어보기 바란다.

미드 장군님께.

나는 리 장군의 탈출로 비롯될 앞으로의 불행한 사태에 대한 중요성을 장군께서는 올바로 인식하지 못한 것으로 생각합니다. 적은 바로 우리의 손아귀에 있었으며 그들을 추격했더라면 전쟁을 종결시킬 수도 있었을 것입니다.

그러나 이 절대적인 기회를 상실한 현재로써는 전쟁의 종결을 기대하기가 힘들게 되었습니다. 왜냐하면 지금은 그 당시 병력의 3분의 2정도도 사용하기 힘든 상황이 되었기 때문입니다. 그러므로 앞으로는 장군의 활약을 기대하기란 힘들 것이며 기대하지도 않을 것입니다.

다시 한 번 말씀드립니다만, 장군께서는 천재일우를 놓친 것입니다. 그 때문에 나 역시 말할 수 없을 정도로 괴로움을 겪고 있습니다.

미드 장군이 이 편지를 받아 보고 무슨 생각을 하였을까?
그러나 미드는 이 편지를 읽지 못했다. 링컨은 이 편지를 부치지 않았다. 이것은 훗날 그의 서류함 속에서 발견된 편지였다.

아마도 링컨은 이 편지를 쓰고 나서 한참 동안 창밖을 내다보며 다음과 같이 중얼거렸을 것이다.

"잠깐 생각해 보자. 내가 너무 서두르고 있는 것이 아닌가? 내가 이처럼 편안하게 백악관에 앉아서 미드 장군에게 공격 명령을 내리는 것은 쉬운 일이다. 그러나 내가 직접 게티즈버그 전선에서 미드 장군처럼 부하의 죽음을 목격하고 부하들의 비명과 아우성을 들었더라면 아마 나 자신도 미드 장군처럼 선뜻 공격할 마음이 생기지 않았을 것이다. 어쩌면 나 역시 미드와 같은 태도를 취했을지 모른다. 이미 엎질러진 물이다. 내가 이 편지를 보냄으로써 내 기분은 어느 정도 풀릴지 모르겠지만, 이 편지를 받는 미드의 심정은 어떨까? 그때 그가 어떤 상태였는지는 모르지만, 자신의 상황을 정당화시키고 나를 비난하려 들 것이다. 그렇다면 서로 간에 반감만 쌓이게 되고 결국 서로의 틈이 벌어져 나는 한 사람을 잃게 될 것이다."

링컨은 과거의 쓰라린 경험들을 바탕으로 비난과 힐책 따위가 서로에게 아무런 도움도 되지 않는다는 사실을 깨달았기에 그 편지를 사장시켜 버렸을 것이다.

우리의 경우는 어떤가?

다른 사람의 결점을 교정해 주려는 마음씨는 분명히 훌륭하고 칭찬받을 만한 것이다. 그러나 우선 자신의 결점을 고치는 일이 중요하지 않을까. 이기주의적인 생각일지는 모르겠지만, 함부로 다른 사람의 결점을 꼬집기보다는 자기 자신의 결점을 고치려는 시도가 훨씬 더 유익하고 건전한 방법이 아닐까.

나는 그것이 링컨이 지닌 가장 인간적인 리더십이라고 생각한다.

자신을 위해 요리하라

삶에서 최고의 순간을 누군가
"여러분의 삶에서 최고의 순간을 경험했나요?"
라고 묻는다면, 우리는 그때가 곧 올 것이라고 말할 것이다.
하지만 우리가 계속 지금처럼 산다면
그 순간은 결코 오지 않을 것이다.
우리는 지금 이 순간을
최고 멋진 순간으로 만들어야 한다.

— 틱낫한 / "좋은 생각" 중에서

삶을 풍요롭게 하는 애피타이저

프랑스 요리는 세계 최고급 요리의 대명사다. 프랑스 사람들은 세계 최고의 문화와 더불어 최고급 요리를 즐기는 것을 자랑으로 여기고 있다.

우리나라는 과거에 지나치게 가난한 시절을 보낸 탓에 그런 문화를 가지고 있지 않다. 그러나 세계 10위의 경제 대국으로 성장한 후 곳곳에서 프랑스나 일본 못지않은 음식문화가 꽃피고 있다.

먹는 즐거움을 식도락(食道樂)이라 한다.

사람은 살기 위해서 먹지만 단지 먹기만 하는 것이 아니라, 먹는 가운데에서 즐거움을 찾는다. 진정한 식도락가는 그 속에서 삶의 풍요와 멋을 찾아낸다.

요즘은 '웰빙(well—being)' 이란 말이 생활의 화두로 등장하면서 사람들은 좀더 '여유' 있는 삶을 지향하고 있다.

특히 여행 분야에서의 웰빙 추세는 현격하고 강렬하게 진행되고 있는데 KTX(고속전철) 개통 이후, 볼거리 관광보다는 편안한 휴식과 식도락을 여유 있게 즐기려는 사람들이 많이 늘었다고 한다.

예로부터 금강산도 식후경이란 말이 있듯이 성공한 사람들에게도 식도락은 빠질 수 없는 즐거움이 아닐 수 없다.

애피타이저(appetizer)란 식도락을 즐길 수 있도록 본 식사가 나오기 전에 입맛을 돋우기 위해 제일 먼저 나오는 요리다. 애피타이저는 한 입에 먹을 정도의 크기로 양이 적은 대신 고급스러운 음식이 많은데 미식가들은 그것을 즐긴다.

이것은 각 나라마다 발전이 되어 있어서 영어로는 애피타이저(appetizer)로 부르지만, 프랑스어로는 오르되브르(hors—d' uvr), 러시아어로는 자쿠스카(zakuska), 중국어로는 첸차이[前菜], 우리말로는 전채요리라고 불린다.

각 나라마다 이 음식은 다른 음식에 비해 분량이 적어 배가 부르지 않는 것이어야 한다는 룰이 정해져 있고, 보통 고급 재료를 사용하여 맛있게 만든다.

내가 여기서 애피타이저를 논하는 것은 식사 전에 먹는 산뜻한 애피타이저의 맛처럼 성공한 사람들의 삶도 웰빙 시대를 맞이하여 좀 더 산뜻하고 풍요로워지기를 바라는 마음에서이다.

식사 전에 적은 양으로 시각, 후각, 미각에 자극을 주어 입맛을 돋우는 음식만큼이나 감미로운 생을 살고 싶은 것이 인간의 욕망이 아닐까?

절제는 성공의 밑천

요즈음 신문이나 TV를 보면 비만과의 전쟁을 이야기하면서도 한편으로는 요리 프로그램이 무척 인기다.

모든 미디어들이 어떻게 잘 먹고 잘 사는가를 국민들에게 가르치느라 여념이 없다.

이것은 우리나라뿐만 아니라 전 세계적인 추세라고 볼 수 있는데 살과의 전쟁을 치르고 있는 사람들에게 맛있는 요리 강습을 하는 것은 조금 잔인하다는 기분이 들기도 하다.

그러나 그것은 매스컴의 잘못이라고 볼 수 없다.

평상시 절제를 하지 못하고 마구 먹어 댄 본인들 잘못이 아니고 무엇이란 말인가?

나는 음식뿐만 아니라 모든 일에서 절제하지 못하고 과용하거나 낭비하는 것은 크나큰 과오를 범하는 것이라고 생각한다.

그래서 나는 애피타이저를 즐기는 것은 무척 좋은 일이지만 지나치게 많은 음식을 탐하는 것은 금물이라고 말하고 싶다.

이것은 음식에 한정된 말이 아니다.

사람다운 삶을 살기 위해서는 음식도 절제하고 언행도 절제하며 모든 욕망을 절제하는 것이 좋다. 모든 문제는 절제하지 못하는 데서 파생하는 경우가 많다. 절제를 통해 당신은 담대함을 실전에서 제대로 발휘할 수 있다.

대학을 졸업한 사람은 그런 사람대로, 대학에 진학하지 않고 자신만의 전문 분야를 개척한 사람은 그 사람대로의 길이 있고 파워가 있다.

만약 당신이 매사에 힘을 절제하면서 자신의 실력을 갈고 닦았다면 결정적인 순간에 절제를 통하여 얻는 에너지를 잘 활용할 수 있을 것이다.

배가 고프다고 허겁지겁 아무것이나 집어 먹고, 힘이 있다고 낭비하는 것은 바보들이나 하는 짓이다. 건강은 건강할 때 지켜야 하듯, 힘은 힘이 있을 때 비축할 수 있는 것이다. 힘은 절제해서 활용하고 넘치지 않게 행동하는 사람이 노련한 전문성을 발휘할 수 있다.

애피타이저의 맛을 음미하듯 인생을 음미하며 절제하는 인생을 살아야 한다.

직접 만들어 먹는 담백한 요리

나는 당신에게 지금뿐만 아니라 20대, 30대, 40대로 나이를 먹었을 때 건강을 유지하고 매력적인 사람이 되는 방법을 가르쳐 주고자 한다.

그것은 아주 간단하다.

과식을 하지 않기 위해서 직접 요리를 만들어 먹는 방법을 선택하는 것이다. 그것은 자기 자신이 먹고 싶은 것을 만들어 먹는 기쁨을 주고 자신을 절제하게 만드는 효과가 있다.

미식가는 활동적인 경우가 많기 때문에 왕성한 식욕을 유지하지만, 그들 중에는 비만인 사람이 거의 없다. 그들은 이미 절제의 미학을 알고 있기 때문이다.

내가 아는 사람 중에 세무 분야의 전문가로 30년을 갈고닦은 사람이 있다.

그는 30년 전, 청소년 시절에 세무사의 꿈을 세우고, 각고의 노력 끝에 세무 분야의 자격을 취득한 후, 자기 분야에서 계속 성공을 거두었다.

자신의 성공을 왕성한 식욕 때문이라고 고백한 적이 있는 그의 지론은 '식욕이 왕성하면 건강하다'는 것이다.

이렇듯 대부분의 미식가들은 왕성한 식욕을 유지하면서도 결코 과식을 하지 않는다.

왕성한 식욕과 절제가 미식가들의 식사미학이라고나 할까.

결국 사람은 꿈꾸는 존재라고 볼 수 있다. 미식가들의 식사미

학은 식욕과 절제를 절묘하게 배합함으로써 꿈을 간직하려는 고
도의 성취욕인 것이다.

당신도 자신의 역량을 발휘할 때 절제를 생활화하는 것이 좋을
것이다.

♣ 비전 상실 증후군

프랑스에서는 삶은 개구리 요리가 유명하다.

이 요리는 식탁 위에 버너와 냄비를 가져다 놓고 손님이 직접 보는 앞에서 개구리를 산 채로 냄비에 넣고 조리하는 것이다.

이때 물이 너무 뜨거우면 개구리가 펄쩍 튀어나오기 때문에 맨 처음 냄비 속에는 개구리가 가장 좋아하는 온도의 물을 부어 둔다.

그러면 개구리는 따뜻한 물이 아주 기분 좋은 듯 가만히 엎드려 있다. 이때부터 점점 센 불로 물을 데우기 시작한다.

아주 느린 속도로 서서히 가열하기 때문에 개구리는 자기가 삶아지고 있다는 것도 모른 채 기분 좋게 잠을 자면서 죽어 가게 된다.

무의식중에 서서히 익숙해지기 때문에 빠져 나올 수가 없다는 것을 비유하여 '비전 상실 증후군' 이란 말이 생겼다.

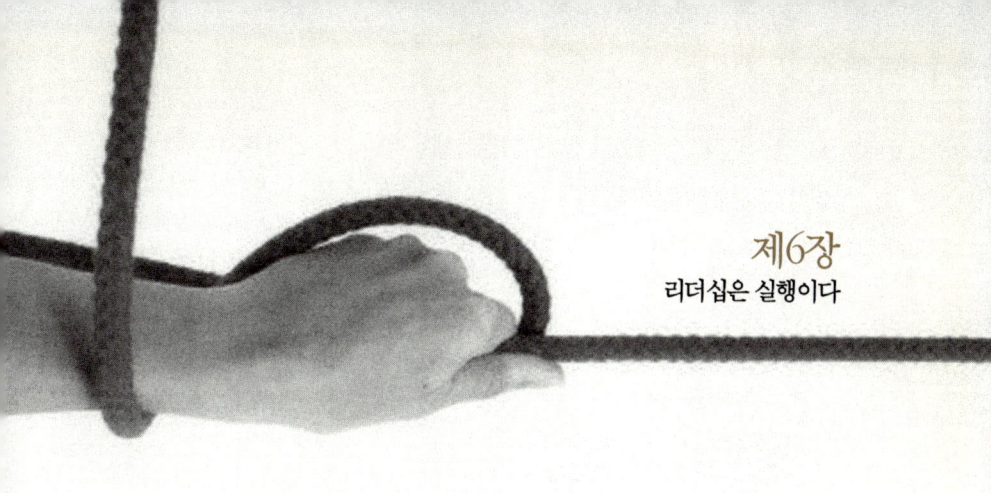

제6장
리더십은 실행이다

항상 리더가 되기를 꿈꾸라
인간이란 자기가 오랫동안 상상해왔던
그대로의 인간이 되기 쉽다고 한다.
뒤집어 말하면 자기가 생각한 능력만큼의
인간이 될 수 있다는 것이다.
자신이 상상한 대로의 자기가 된다는 말이다.
— 노만 빈센트 필

항상 리더가 되기를 꿈꾸라

인간이란 자기가 오랫동안 상상해왔던
그대로의 인간이 되기 쉽다고 한다.
뒤집어 말하면 자기가 생각한 능력만큼의
인간이 될 수 있다는 것이다.
자신이 상상한 대로의 자기가 된다는 말이다.

— 노만 빈센트 필

진정한 리더는 누구인가?

세계 제2차 대전 당시 사막전투의 탁월한 전략가인 독일의 롬 멜 장군은 진정한 리더십을 발휘한 장군으로 정평이 나 있다.

그는 사병들과 같이 몸소 고난을 체험하고 견디며 현장성을 지향한 실천적 전략가였다. 부하들에게 자기 말을 무조건 따르라고 하지 않고 그들과 함께 고난을 체험하면서 작전을 펴 나갔기에 장교들의 귀감이 되었다.

그는 비록 패전국 독일의 장군이었지만 자신의 조국 독일에서 뿐만 아니라 적국인 영국에서도 영웅으로 추앙 받고 있었다.

롬멜은 전장에서조차 대단히 신사적인 행동을 보임으로써 적군에게까지 존경을 받았다. 그는 대치중인 영국군의 야전병원에 부상자가 먹을 식수가 떨어졌다는 이야기를 전해 듣고 장갑차에 백기를 달고 식수를 실어다 영국군에게 전달하도록 했다. 그러자 영국군은 그 보답으로 지프에 백기를 달고 와인을 실어다 독일군에게 전달했다.

롬멜은 전쟁에서만 영웅이 아니었다. 명령에 절대복종해야 할 군인이었지만 그는 히틀러의 유태인 학살명령을 단호히 거부했고, 엘 알라마인 전투에서 히틀러의 정지명령에도 불구하고 군대를 철수시켜 7만여 명의 독일군과 3만여 명의 이탈리아군을 무사히 구출했다. 그 일로 그는 히틀러의 신뢰를 완전히 잃었으나, 히틀러는 국민적 영웅을 함부로 대하지 못했다.

중국 감숙성에는 '주천(酒泉)'이라는 곳이 있다. 한나라 무제가 서역을 공략할 때의 일이다. 그는 서역 정벌에 큰 공을 세운 장군에게 어주(御酒) 한 병을 하사했다. 사막지대에서 악전고투하면서 오랫동안 술을 입에 대보지 못한 장군을 위로하기 위해서였다.

그 장군은 하사받은 어주를 병사들이 보는 앞에서 오아시스에 쏟아 부었다. 그리고 그 오아시스 물을 장병들과 나눠마셨다. 그때부터 그 장군의 부하사랑을 기려 그곳을 '주천'이라 불렀다.

무릇 리더는 욕심이 없을 때, 자신의 손바닥을 들여다보는 것처럼 부하들을 수월하게 이끌어 나갈 수 있다. 이 말은 한 회사를 꾸려나가는 경영자나 가정을 거느린 가장에게나 똑같이 통하는 말이다. 또한 한 개인에게도 통하는 말이기도 하다.

어떤 분야에서건 진정한 리더가 되기 원한다면 공동체의 이익을 위해서 노력하는 리더십을 지향해야 한다. 이것이 당신을 성장시키는 동력이 될 것이다.

중국의 철학자 노자(老子)는 진정한 리더십에 대해서 이렇게 설파하고 있다.

"강과 바다가 수백 개 산골짜기의 물줄기에 복종(服從) 받는 이유는 그것들이 항상 낮은 곳에 있기 때문이다. 따라서 다른 사람들보다 높은 곳에 있기를 바란다면 그들보다 아래에 위치하고, 그들보다 앞서기를 바란다면 그들 뒤에 위치하라. 이와 같이 하여 사람들의 뒤에 있을지라도 무게를 느끼지 않게 하며, 그들보다 앞에 있을지라도 그들의 마음을 상(傷)하게 하지 않아야 되느니라."

오늘 최선을 다하라

기업가로서 가장 활동적이고 창조적인 역량을 과시한 사람으로 스티브 잡스를 들 수 있다. 스티브 잡스는 1976년 스물한 살의 나이로 애플 컴퓨터를 만들어 자신의 회사를 세계적인 기업으로 성장시켰지만, 1985년 자신이 창립한 회사에서 쫓겨나는 수모를 당해야 했다. 아이디어만 많지 현실감각이 떨어지고 무능하다는 이유에서였다.

그러나 그는 1997년 다시 애플사 CEO로 복귀하는 괴력을 발휘했다.

게다가 10억 달러의 적자를 기록했던 애플사를 단 1년 만에 4억 달러 가까운 흑자로 돌아서게 만드는 드라마틱한 성공을 연출했다.

애플사에 복귀한 스티브 잡스는 새로운 PC인 아이맥(iMac)을 내놓았다.

이 아이맥은 1년 만에 2백만 대나 판매되었고 애플의 주가는 아홉 배나 뛰어올랐다. 그는 소비자들이 사랑하고 또 기꺼이 사고 싶은 컴퓨터를 만들어낸 것이다. 그리하여 주당 13달러까지 떨어진 애플의 주가를 1999년 말 1백18달러로 끌어올림으로써 20억 달러짜리 회사를 2백억 달러에 달하는 회사로 탈바꿈시켰다.

또한 스티브 잡스는 픽사(Pixar)라는 애니메이션 회사의 CEO를 겸임하면서, 월트 디즈니와 손을 잡고 애니메이션 영화의 새로운 영역을 개척해냈다.

그리하여 창조의 기쁨을 만끽함과 동시에 다시 세계적인 부호의 반열에 올라섬으로써 옛 명성을 되찾았다. 스티브 잡스는 그렇게 화려한 재기에 성공함으로써 지난날 애플의 성공이 결코 요행이 아니었음을 증명했다.

그러나 이러한 신화는 자신이 만든 회사에서 쫓겨난 후 쓰디쓴

인고의 세월이 있었기에 가능했다.

그는 애플과 픽사라는 매우 성공적인 두 회사, 컴퓨터와 애니메이션 영화사의 사령탑을 동시에 맡은 최고경영자로 다시 세계인의 주목을 받고 있다.

스티브 잡스처럼 성공과 실패를 극적으로 반전시킨 경영인은 찾아보기 힘들다. 그의 화려한 재기는 지식정보화 시대에 맞춰 스스로 변신에 성공한 좋은 예다.

그가 화려하게 재기할 수 있었던 성공 요인은 실패와 고난에도 불구하고 꾸준히 공부하고 창의적인 생각을 가짐으로써 자기 자신을 훈련시킨 데 있다.

창의력을 가진 사람이 되려면 끊임없이 독서하고 변화하는 세대를 읽어나가면서 자신을 새롭게 변화시킬 줄 알아야 한다. 책을 많이 읽는 것도 중요하지만, 읽은 것을 자기 것으로 소화하고 적용할 줄 아는 것이 창조적인 사람이 되는 방법이다.

엘리트주의는 리더십과 다르다

고대 그리스에서 리더는 공동체의 목표를 위해서 일했다. 평화를 이루고 공동 번영을 위해서는 리더가 필요했다. 리더는 공동의 이익, 공동의 목표를 지향한다. 공동의 목표를 향해 리더는 추종자들 속으로 들어간다. 그들은 대중 속으로 들어가 대중과 하나가 되어 그리스의 민주주의를 꽃피웠다.

그러나 소수의 높은 지위, 높은 탁월성을 지향하는 엘리트주의는 엄밀한 의미에서 우리가 추구하고자 하는 리더십과는 다르다는 것을 알아야 한다.

여기서 말하는 엘리트주의는 차별적 우월주의를 말한다.

인간은 누구나 자신은 남들과 달리 특별한 존재로 여기는 경향이 있다. 그래서 남들보다 뛰어난 것을 누리고자 한다. 여기서 맹목적 엘리트주의가 나오는데 이것은 대중의 역량을 인정하지 않는다. 그래서 이기적이고 위험한 사상이 되는 것이다. 이것이 엘리트주의를 경계해야 하는 이유이다. 물론 세상에는 엘리트주의를 지향하는 사람이 항상 있기 마련이고 그런 사람이 필요한 것도 사실이다. 이런 사람들이 세상의 진보에 기여한 측면도 있다.

하지만 엘리트주의가 지나친 우월주의, 자기중심적 이기주의에 빠져서는 안 된다. H. 오버스트리트라는 학자는 〈인간행위를 지배하는 힘〉에서 이렇게 말하고 있다.

"인간의 행동은 마음속의 욕구로부터 생겨난다. 따라서 사람을 움직이는 최선의 방법은 먼저 상대방의 마음속에 강한 욕구를 불러일으키는 것이다. 상업에 있어서나 가정, 학교에 있어서나, 혹은 정치에 있어서나 사람을 움직이려는 자는 이 사실을 잘 기억해 둘 필요가 있다. 이것을 할 수 있는 사람은 만인(萬人)을 이끄는 데 성공할 것이며, 그렇지 못한 사람은 한 사람도 이끌어 나가지 못할 것이다."

함신익의 리더십

함신익은 한국에서보다 세계적으로 더 화려한 명성을 날리고 있는 지휘자다.

그는 미국 아이비리그의 명문인 예일 대학의 지휘 교수이자 예일대 심포니의 상임지휘자이며, 또한 텍사스 에벌린 필하모닉 상임지휘자로 미국에서 화려한 명성을 날리고 있다.

그러나 함신익에게는 단돈 2백 달러를 들고 미국 유학길에 올라 강의실에서 새우잠을 자며 공부를 해야 했던 어려운 시절이 있었다. 그는 그 어려운 시절을 사람들과의 대화를 통한 뛰어난 리더십으로 돌파해 나갔다.

이스트만 음대 대학원에 들어간 함신익은 교과과정 중에 실제로 지휘봉을 잡고 연습할 수 있는 시간이 1주일에 20분 정도밖에

안 되자 특유의 친화력과 리더십을 발휘하여 스스로 개인 오케스트라를 만들어냈다.

함신익은 자기가 만든 오케스트라가 뛰어난 음악성을 가지게 하기 위해서는 무엇보다도 서로를 알고 조화로운 협력을 해야 한다는 생각을 했다. 그래서 그는 이스트만 학생들 중에서 연주 실력이 괜찮은 사람들을 골라서 주말에 자신의 집으로 초청했다.

"나는 한국에서 온 함신익입니다. 나는 언젠가는 세계적인 지휘자가 될 것이라는 확신을 가지고 여러분과 함께 공부하고 있습니다. 우리 집에 오면 한국식 뷔페가 기다리고 있으니 음식을 들면서 오케스트라 이야기를 하도록 합시다."

그런 그의 초청에 많은 사람들이 호응을 했다. 그래서 그는 아내와 함께 밤을 꼬박 새우며 만두, 잡채, 볶음밥 등 푸짐한 한국 음식을 만들어 놓고 그들을 기다렸다.

결과는 대성공이었다.

한국 음식의 맛과 함신익의 열정에 매료된 학생들은 15인조 오케스트라를 구성하는데 적극적으로 참여했다. 나중에는 서로 들어오려는 사람들 때문에 오디션을 봐야 할 정도로 함신익의 '깁스 오케스트라'는 유명해졌다.

그의 정열에 감동한 학교 측은 당시 일반 연주단체와의 1년 임대료가 50만 달러에 달하는 홀을 무료로 제공했고, 그에게 월터

헤이건 상이라는 지휘자 상을 수여했다.

그리하여 함신익은 그곳에서 이른바 '이스트만의 함신익 전설'을 만들어 냈다. 그는 150대 1의 경쟁률을 뚫고 한국인 최초의 예일대 교수가 되었다.

그리고 2002년 8월, 텍사스의 에벌린시는 함신익의 지휘자로서의 탁월함을 인정하여 '함신익의 날'을 선포했다.

이러한 함신익의 성공은 자신의 재능에 대한 자부심과 무엇이든지 할 수 있다는 확고한 신념, 많은 사람을 자기편으로 만들 줄 아는 진취적인 리더십이 있었기에 가능한 일이었다.

나만의 감성리더십을 가져라

'재미있고 도전적인 일',

'내가 열정을 가진 일',

'업무 과정에서 나의 주장이 반영될 수 있는 일',

'주도권을 가지고 성취감을 느낄 수 있는 일'이

입사와 근속 결정에 가장 중요한 영향을 미치는

요인인 것으로 나타났다.

— 맥킨지 / War for Talent

결과보다 과정이 중요하다

성공한 사람은 과정을 무시하고 목표 달성에만 연연해 하지 않는다.

기본 없이 거둔 성공은 내실이 없고 모래 위에 지은 집처럼 쉽게 무너진다는 것을 알고 있기 때문이다. 승리를 훔치지 않고 의연한 자세로 승리를 낚는 법을 알고 있는 것이다.

그것은 기본을 지켜야만 성공을 거둘 수 있다는 철학적 명제이기도 하다.

독수리의 예를 들어보자.

독수리는 절벽 위에 보금자리를 만든다. 가시를 물어다 지은 둥지에 알을 낳고 새끼를 기른다. 그리고 새끼들이 어느 정도 자라나면 둥지의 깃을 모두 걷어내고 가시만 남게 한다. 그때부터 새끼들은 가시만 남은 둥지에서 불편하고 위태로운 생활을 한다. 어미독수리는 그 무렵부터 새끼들에게 나는 방법을 가르치는데, 그 방법 또한 혹독하기 그지없다. 새끼독수리를 업고 하늘 높이 올라가서는 떨어뜨리는 것이다. 그러면 새끼는 필사적으로 날갯짓을 하게 되고, 지켜보던 어미는 새끼가 땅에 떨어지려는 순간 쏜살같이 내려가 다시 새끼를 업어 올린다. 그리고는 다시 떨어뜨리고 업기를 거듭하면서 나는 법을 훈련시킨다. 그런 훈련이 모두 끝나면 마지막 단계로 비바람이 치는 날을 택해 새끼와 함께 폭풍우 속을 비행하는데, 그 훈련을 성공적으로 마치면 어미는 구름 위까지 올라가 장대한 햇볕이 퍼붓는 창공을 유유히 날게 하는 것이다.

이것은 새끼들을 강하게 키우기 위한 독수리들의 기본 교육이다. 그런 엄혹한 교육을 받고 자라기 때문에 독수리는 어떤 환경에서도 강한 면모를 보이며 새들의 왕으로 군림한다.

이렇게 자신을 단련시킨 독수리는 항상 자신감이 넘칠 것이며 열정과 힘찬 에너지를 간직할 수 있다. 성공한 사람들은 스스로를 새끼처럼 생각하고 하늘 높이 올라가서는 자신을 떨어뜨리는 사람들이다.

이쯤 되면 당신은 성공한 사람 되기가 무엇이 이렇게 힘든 것이냐고 불평을 늘어놓을 지도 모른다. 더러는 이 책을 덮어버리는 사람도 있을 것이다. 그러나 나는 믿는다.

당신이 진정 창조력과 적극적인 사고를 가진 사람이라면 자신의 인생과 일에 대하여 독수리 같이 매서운 눈으로 스스로를 바라볼 줄 알 것이라고. 그리고 당신이 하고 있는 일을 너무도 사랑하기 때문에 성공하지 않는 것이 오히려 어렵다는 것을 알고 있을 것이라고.

자신의 전부를 걸어라

이나모리 가즈오는 일본 벤처 기업의 대명사가 된 '교세라 그룹'의 창업주이다. 마쓰시타 고노스케, 혼다 소이치로와 더불어 '일본의 3대 기업인'으로 불리고 있는 그는 온갖 역경을 극복하고 전 세계 세라믹 시장의 70%를 점유하고 있는 최강기업 교세라를 만들어 낸 입지전적 인물이다. 교세라를 창업하기까지 그의 청춘은 수많은 실패의 연속이었다. 가난한 집에 태어난 그는 중학교 시험에 두 번이나 낙방했고, 결핵을 앓았으며, 대학입시도 실패했고, 가까스로 가고시마 대학 공학부를 나왔지만 지방대학 출신이라 취직도 여의치 않았다. 교수의 추천으로 어렵사리 들어간 회사는 법정관리에 들어간 도산 직전의 기업인 '쇼후공업'이었다. 이나모리는 회사가 마음에 들지 않았지만, 그곳에서 당시 새로운 분야였던 세라믹을 접하고 자신의 전부를 걸기로 결심하고 연구에 매진했다. 그가 고등학교 시절부터 늘 입버릇처럼 하는 말이 있었다.

"나는 머리가 나빠 다른 사람의 두 배를 공부해야 한다."

이나모리는 그러한 신념 때문에 아예 연구실에 취사도구와 이 불을 싸들고 들어가서 잠자는 시간만 빼고 하루 종일 연구에 매달렸다. 그렇게 몰입해서 연구한 결과 그는 TV브라운관의 전자총에 사용되는 절연용 세라믹 부품 개발에 성공했고, 회사를 위기에서 구했으며, 그로부터 2년 후 교세라를 창업하는 발판을 마련할 수 있었다. 1959년, 27세의 나이에 자본금 300만엔으로 교세라를 창업한 이나모리는 '고통에 정면으로 맞서 싸우라'는 신념을 가지고 회사에 자신의 전부를 걸었다. 그는 자신의 삶의 철학을 이렇게 말하고 있다.

"현장에서 땀 흘리지 않으면 어떤 일에도 익숙해질 수 없다. 아무리 원대한 목표를 세웠다고 하더라도 하루하루의 작은 일에 충실하여 실적을 쌓지 못한다면 성공은 있을 수 없다. 위대한 성과는 견실한 노력의 집적이다. 지금 바로 이 순간 필사적으로 살아가라. '오늘을 완전히 살면 내일이 보인다'라는 인생의 진리를 깨달을 수 있다."

교세라는 그의 '이나모리즘'이라는 독특한 경영철학과 열정, 정도경영으로 세계 세라믹업계를 평정하며 초일류 기업으로 성장하기 시작했다. 그는 1960년대 말, 갑자기 커져버린 회사를 제대로 관리하기 위해 '아메바 경영'이라는 독창적인 시스템을 창안, 경영에 도입해서 성공함으로써 교세라는 세계적인 부품회사로 우뚝 올라설 수 있었다. 현재 교세라는 일본 2위의 종합통신

업체 KDDI를 비롯해서 반도체 부품, 휴대폰, 디지털 카메라 등을 망라한 세계적 종합정보통신그룹으로 성장하여 14,568명의 종업원과 세계 각국에 161개의 지사를 거느리고, 1996년에는 소니를 제치고 수익률 1위 기업으로 부상했다. 성공의 중요한 요소로 능력, 사상, 열정 이 세 가지를 꼽는 이나모리는 사람들이 아주 단순한 세상의 원리를 모르고 있다고 강조한다.

"바라고 원하는 지점까지 일사천리로 가는 길 따위는 없다. 당연한 이야기이지만, 천 리 길도 한 걸음부터 시작되며 어떠한 커다란 꿈도 한 걸음씩 내딛는 하루하루가 모여 이루어진다. 인생은 하루하루가 쌓여 이루어지는 것이며, 현재의 연속이다."

그는 '매출은 최대로, 경비는 최소로'라는 지극히 단순한 경영철학을 실천에 옮긴 경영인으로서 인격과 도덕성으로 종업원들의 존경을 한 몸에 받으며 '살아있는 경영의 신(神)'으로 불리고 있다.

자신의 전부를 걸어 창조적인 작업을 해본 사람이 아니면 알 수 없는 기쁨과 환희를 느껴야 당신은 성공한 사람의 대열에 설 수 있다.

창조적인 작업을 성공적으로 마친 후 얻는 성취감과 환희의 감정은 그 무엇과도 바꿀 수 없는 고귀하고 보람된 것이다. 그것을 느껴보지 못한 사람은 세상을 잘못 살거나 헛살고 있는 사람이고, 그런 기쁨을 가장 많이 느끼는 자가 바로 성공한 사람이다.

창조의 기쁨에 대해 괴테는 이렇게 말했다.

"천재는 보통사람들이 딱 한 번밖에 경험하지 못하는 청춘을 여러 번 거듭해서 경험한다."

베토벤의 삶은 어려서부터 가난과 병으로 인한 고통과 외로움으로 점철된 삶이었다.

일곱 살 때부터 무대에 서기 시작한 그는 20대에 이미 뛰어난 피아니스트이자 작곡가로 주목받았지만, 한창 왕성하게 활동할 나이에 악성 중이염에 걸려 청각을 잃고 말았다. 음악가로서 소리를 듣지 못한다는 것은 죽음과도 같은 것이었다. 베토벤은 실의와 좌절로 고통의 나날을 보내야 했다.

그는 '오라, 죽음이여! 내 기꺼이 너를 맞으리라!' 로 끝나는 유명한 '하일리겐슈타트의 유서'를 쓰고 죽음을 생각했다.

그러나 결국 절망의 광풍에 자신을 내맡기지 않고 더욱더 작곡에 전념하는 길을 선택했다. 청력을 잃은 상태에서 그는 교향곡 3번 '영웅'과 5번 '운명', 피아노협주곡 '황제' 등 불후의 명작을 잇달아 발표했다.

그는 인생의 기쁨과 슬픔, 고난과 행복 그 어느 것도 외면하거나 저버리지 않았다. 오히려 9번 교향곡 '합창'에 이르러서는 삶과의 대화합을 시도했다. '환희의 송가'로 유명한 '합창'은 웅대한 구성과 자유로운 형식, 진지한 표현 등으로 절망을 극복해낸 그의 영혼의 힘을 보여준다. 그래서 그는 '음악은 어떠한 지혜나 철학보다 높은 경지에 있다'고 말할 수 있었을 것이다.

그는 소리를 들을 수 없었지만 자신의 내면에서 울려 퍼지는 아름답고 웅혼한 소리를 들으면서 창조의 기쁨과 환희 속에서 악보를 적어나갔으며, 혼자서 들리지 않는 피아노를 두드렸다. 그는 피아노를 칠 때 음감을 느끼기 위해 입에 숟가락을 물고 그 음을 감지하기도 했다고 한다. 이런 노력 끝에 탄생한 그의 음악은 어둠 속에서 빛을 보여주고, 고통 속에서 창조의 뜨거운 환희를 느끼게 해준다.

'합창' 교향곡은 성악을 곁들인 최초의 교향곡으로, 화해와 희망의 상징으로 널리 알려져 있다. 가장 고통스러운 가운데서 희망을 만들고 그것을 추구했던 베토벤의 위대한 예술혼을 생각하면 절로 숙연한 마음이 들 정도다. 베토벤이야말로 불굴의 투지로 모든 난관을 극복한 최고의 승리자였다.

베를린 장벽이 무너지던 날, 브란덴부르크 문 앞에 모여든 사람들 위로 울려 퍼진 곡이 바로 '환희의 송가'였다.

포기하지 않고 끈기 있게

로댕이 프랑스의 대조각가로 사람들에게 인정받게 된 것은 쉰 살이 다 되어서였다.

그때까지 그는 밑바닥 생활을 하면서 이를 악물고 견뎌냈다. 그는 마흔 살이 다 되어 '청동시대' 라는 작품을 출품했는데, 그 작품이 너무도 빼어나 오히려 심사위원들의 의심을 샀다.

"이 작품은 산 사람의 몸에서 바로 본을 떠서 만든 것임에 틀림 없소. 이건 작품이 아니라 사기요!"

이런 어처구니없는 이유로 그의 작품을 제외시키려 할 때 한 심사위원이 말렸다.

"비록 사기일지는 모르지만, 그 사기 솜씨가 실로 절묘하지 않 습니까?"

그는 다른 심사위원들을 설득해 간신히 로댕의 작품을 입선시 켰다. 그러자 아니나 다를까, 신문과 잡지를 비롯해 일반인들까 지 합세해 로댕을 사기꾼이라고 비난을 퍼붓는 것이었다. 결국 로댕의 결백은 그로부터 몇 년이 흐른 뒤에야 밝혀졌다.

그러나 사람들의 오해는 거기서 끝나지 않았다. 역시 걸작이라 일컬어지는 '발자크 상' 을 만든 것은 그의 나이 쉰여덟 살 때였다. 이 작품이 첫선을 보일 때도 온갖 악평들이 쏟아졌다. 그럼에도 그는 조금도 개의치 않고 묵묵히 자기 일에만 매달렸다.

그는 사람들에게 이렇게 말하곤 했다.

"비록 지금은 인정하려 하지 않지만, 언젠가는 때가 오겠지. 느리다는 것은 일종의 미덕이라네."

한때 로댕의 조수 노릇을 한 릴케는 〈젊은 시인에게 보내는 편지〉에서 이렇게 말했다.

"예술작품을 접하고 악평을 퍼붓는 일만큼 부당한 행위도 없습니다. 정도의 차이야 있겠지만, 반드시 명백한 오해로 끝날 뿐이니까요."

릴케는 그 이유를 이렇게 덧붙였다.

"세상의 모든 일은 그렇게 쉽게 파악할 수 있는 것이 아니고, 쉽게 말할 수 있는 것도 아닙니다. 사람들은 걸핏하면 그렇게 믿고서 안달하지만 말입니다."

젊은 시절 릴케는 로댕의 밑에서 그의 예술적인 영향을 받으며 시인으로서의 자질을 닦았다. 비평을 불신하는 릴케의 말은 로댕의 정신을 그대로 이어받은 것이라 할 수 있다.

어떤 예술가도 자신을 사기꾼으로 몰아 엄청난 비난을 퍼붓는다면 도저히 견뎌내지 못했을 것이다. 순식간에 자신감을 잃고 영락해버릴 수도 있다. 그러나 로댕도 끝까지 단호하게 싸워 결백을 증명해 보였다. 또한 집요한 악평에도 개의치 않고 자기 일에 대한 노력을 그치지 않았다. 의연한 그의 태도는 극히 예민한 성격의 예술가로서는 보기 드물 만큼 넓은 도량을 보여준 것이다.

작품에 대한 비평가들의 초점이 어떻게 빗나가 있었는지에 대해 릴케는 이렇게 말했다.

"여러분이 쓰지 않을 수 없는 근거를 찾아주십시오. 그것이 여러분 마음속 가장 깊은 곳에 뿌리내리고 있는지 어떤지를 검토해주십시오. 만약 여러분이 쓰는 것을 중단한다면 죽어야 하는지 어떤지를 스스로에게 고백해주십시오."

이렇듯 로댕 자신의 작품에 대한 문제는 천박한 곳에 뿌리박고 있는가 그렇지 않은가를 검토하는 것, 단지 그것뿐이었다. 게다가 그것이 목숨을 건 검토라는 것이 우리를 감동시킨다.

예술작품이라는 것은 원래 말로 다 할 수 없는 비밀로 가득 차 있다. 그것의 생명력은 덧없는 인간의 생명을 뛰어넘어 영원히 계속되는 것으로, 하루아침에 이루어낸 잔재주로 완성할 수 있는 것이 아니다.

그의 예술에 대한 의연한 태도는 예술에만 한정된 문제가 아니다. 인생의 모든 면에서 필요하고, 그것이 인간을 성숙하게 만든다.

인도 사람들은 서로 인사를 할 때 두 손을 합장하면서 "나마스테”라고 말한다.

그 말에는 다음과 같은 아주 심오한 뜻이 담겨있다고 한다.

“온 우주를 품고 있는 당신을 존경합니다. 나는 당신이 자신 스스로의 속에 있고, 나는 나 자신 속에 있으면서도 우리가 하나가 될 수 있는 당신 속의 우주를 존경합니다.”

나는 자신의 일에 임하는 성공한 사람의 마음속에도 ‘나마스테’의 뜻이 심어져 있다고 생각한다.

오, 나마스테!

봉사하는 삶을 살아라

만일 위대한 리더가 되고 싶다면 섬기는 리더가 되어야만 한다.
우리 회사 조직은 역 피라미드 구조로 되어 있다.
내가 가장 밑바닥에 있는데,
그것은 내가 하는 일이 바로 섬기는 일이기 때문이다.

— 게리 헤빈 / 커브스포 우먼

봉사하는 축복의 삶

인생에서 성공한 사람은 자신이 가진 것을 남에게 나누어줄 줄 아는 사랑과 봉사의 정신이 투철하다. 그것은 그들이 인간적으로 성숙한 자아를 지니고 있다는 뜻이기도 하다.

슈바이처는 스무 살이 되자 자기 인생의 진로에 대해 많은 고민을 하기 시작했다. 공부를 계속해서 대학교수가 될 것인가, 아니면 피아노를 계속해 음악가의 길을 갈 것인가, 아버지처럼 목사가 되어 호젓한 산골 마을에서 조용히 일생을 보낼 것인가?

그러다가 그는 자신이 너무 좋은 환경에서 태어나 지나친 행복을 누리고 있다는 사실을 알게 되었다. 세상에는 버림받고 비참한 사람들이 많은데 이렇게 혼자서만 행복해도 되는 것일까? 과연 나는 이런 축복을 누릴 권리가 있는 것일까?

그는 자신을 둘러싸고 있는 세계가 온갖 괴로움으로 가득 차 있는데 자신만 행복에 빠져 살 수는 없다고 생각했다. 그에게는 자신을 보호해주는 조국이 있고, 따뜻한 가정과 마음을 나눌 수 있는 친구가 있으며, 얼마든지 공부하고 즐길 수 있는 책이 있고 음악이 있었다. 그러나 그는 어떻게 하면 그런 행복을 고통 받는 이들에게 나누어줄 수 있을까 고민하기 시작했다. 과연 나는 그들에게 무엇을, 어떻게 나누어줄 수 있을까?

슈바이처는 이런저런 고민을 하면서 천천히 자기 계획을 세워 나갔다. 그는 남을 도우려면 스스로 실력이 있어야 한다는 생각에서 서른 살까지는 음악과 학문에 전념해 실력을 쌓고, 그 후부터는 자신의 삶을 헐벗고 굶주린 사람들을 위해 헌신하기로 결심했다.

계획대로 그는 대학에서 자신이 원하던 신학과 철학 과정을 마쳤다. 그런 다음 7년 동안 의학을 공부해 의사가 된 후, 마침내 아프리카 적도 부근의 오지 람바레네로 건너가 흑인들과 공동생활을 하면서 의료 봉사를 시작했다.

당시는 많은 유럽인들이 아프리카를 식민지화하고, 본래 그곳에 살고 있던 원주민들을 백인에 비해 저급한 인간, 뒤떨어진 인종으로 멸시하는 것이 보통인 시절이었다. 슈바이처는 '네 이웃을 네 몸같이 사랑하라'는 성경의 가르침에 따라 의료 혜택을 받지 못하는 아프리카인들을 위해 평생을 바쳤다.

만년에 그는 자신의 삶을 이렇게 회상했다.

"때때로 나의 삶 속에도 근심과 고통, 슬픔이 심하게 닥쳐왔다. 어쩌면 좌절하고 말았을지도 모른다. 내게 부여된 책임과 피로의 짐을 감당하기란 매우 힘든 일이었다. 나 자신만을 위한 시간, 나의 식구들에게 바치고 싶은 시간도 거의 찾기 힘들었다. 하지만 나는 축복 속에 살고 있다. 나는 자비를 베푸는 일에 몸을 바칠 수 있다. 나는 많은 사랑과 친절을 경험했다. 자기 일처럼 나를 도와주는 분들도 많이 만났다. 나에게 주어진 모든 것을 운명이라 생각하고 최선을 다해 기꺼이 나를 바치고자 했다. 이 모든 것들이야말로 나에게 주어진 끝없는 축복이 아니고 무엇이겠는가."

슈바이처를 비롯해 나이팅게일, 테레사 수녀, 국경 없는 의사회 등으로 이어지는 사랑과 봉사의 정신은 이미 특별한 사람들의 이야기가 아니다. 세계 곳곳에 그들의 정신을 이어받은 봉사자들이 있고, 그들의 봉사는 인류를 하나로 묶어주는 사랑과 평화를 창조해내고 있다.

재산을 버리고 망치와 톱을 들다

밀러드 풀러는 전 세계적으로 '사랑의 집짓기 운동' 을 벌이고 있는 국제 해비타트(Habitat for Humanity International)의 설립자이다. 성공한 사업가이자 변호사였던 그는 30살의 나이에 커다란 저택과 250만 평의 토지를 소유하고, 호숫가의 별장과 호화로운 보트, 최고급 승용차를 소유하고 있었다. 그러나 행복해 보이는 그의 삶에 위기가 닥쳐왔다.

어느 날 아내 린다가 그에게 말했다.

"나에게 과연 남편이 있는 것인지 모르겠어요. 아니, 내가 당신을 사랑하는지도 모르겠어요."

그렇게 말한 그녀는 집을 떠났다. 혼자 남은 밀러드는 너무 바빠 아내와 두 아이의 얼굴을 볼 시간도 거의 없던 지난날을 곰곰이 돌이켜보았다. 도대체 무엇을 위해 그렇게 바쁘게 뛰었던 것일까? 그는 사업 때문에 자신이 진정 원하는 것을 모두 잃어버렸다는 것을 깨달았다. 그는 아내를 찾아가 눈물을 흘리며 대화를 나누었다. 아내는 가슴속에 쌓인 응어리를 모두 털어놓았고, 두 사람은 소중한 것을 바탕으로 인생을 다시 설계하기로 굳게 약속했다. 그들은 전 재산을 교회와 대학, 자선단체에 기부했다. 친구들은 미쳤다고 수군거렸지만, 밀러드는 그때만큼 정신이 멀쩡한 적이 없었다. 1973년, 풀러 부부는 아프리카 자이르로 건너가 가난한 흑인들을 위해 집을 지어주기 시작했다. 3년 동안 자이르 전역에 집을 짓는 성과를 거두자 두 사람은 자신들의 구상이 세계 어디서나 통할 수 있다는 믿음을 갖게 되었다. 1976년, 두 사람은 미국으로 돌아와 '국제 해비타트 협회'를 창설했다.

해비타트란 사전적 의미로는 '보금자리'를 뜻한다. 젊은날 밀러드는 천만장자가 되는 꿈을 가지고 있었지만 이제 그는 천만 명에게 집을 지어주겠다는 새로운 목표를 갖게 되었다. 밀러드의 구상은 '기본적인 선행과 사랑'으로 '무수익—무이자 대출'에 바탕을 둔 희망의 보금자리를 제공이었다. 해비타트는 자원봉사자들의 협력에 크게 의존하고 있지만 자선단체는 아니다. 혜택을 받는 가족들은 자기 집과 이웃의 집을 짓는 데 참여하여 수백 시간씩 땀 흘려 일한다. 또 새로 입주한 가족이 '무이자—무수익 저당'으로 대출을 받아 살면서 집값을 내면, 해비타트는 그 돈으로 더 많은 집을 짓는다. '사랑의 집짓기 운동'이 성과를 거두기 시작하자 차츰 개인·교회·기업 및 각종 사회단체가 관심을 갖기 시작하면서 국제적인 운동으로 자리 잡았다. 해비타트의 이념은 모든 경제, 종교, 사회, 인종 집단에 속하는 사람들을 결속시켰다.

밀러드는 전직 대통령 지미 카터에게 도움을 요청했다. 카터는 그의 요청에 응했고 누구보다도 열성을 다하는 참여자가 되었다. 카터와 그의 아내 로절린 여사가 작업복 차림으로 한낮의 뙤약볕 아래서 땀 흘려 일하는 것이 보도가 되자 해비타트는 더욱 유명해졌다.

"불량주택을 없애는 것이 우리의 꿈입니다. 그 꿈을 이루기 위해서는 우리 앞길에 놓여 있는 숱한 장애물을 뛰어넘어야 하겠지요. 그러나 차근차근, 한 번에 한 채씩 집을 짓다 보면, 언젠가는 목표를 이룰 수 있을 것입니다.”

밀러드는 이렇게 소박한 꿈을 표현하고 있다. 국제 해비타트는 지금까지 이 운동으로 600여개 도시에서 집을 지었으며, 현재 인도네시아, 태국, 인도, 스리랑카 등 쓰나미 피해 국가에 총 35,000가구를 지어주고 있다.

남에 대한 봉사와 자신에 대한 봉사

우리는 이따금 어떤 일에 헌신하는 사람들 중에서 자기 자신은 전혀 돌보지 않는 사람을 본다. 자기 일이나 가정은 팽개쳐두고 그 일에만 매달리는 것이다.

그런 사람들은 진정한 사랑과 봉사가 무엇인지를 모른다. 자기 자신도 추스르지 못하는 사람이 어떻게 남을 위해 봉사하고 헌신하며 그들을 도울 수 있겠는가?

이렇게 너무 한쪽으로만 치우친 행동은 불행한 일이며, 이런 인간에게는 하루는커녕 단 한 시간도 자신을 위한 시간이 없다. 반면 한 시간도 자기 시간을 내지 못하고 남을 위해 뛰어다니는 사람은 광신도라고밖에 할 수 없다. 자신에 대한 수양도 쌓지 않고 열심히 봉사만 한다고 자신이 고양되는 것은 아니기 때문이다. 그래서 슈바이처는 서른 살이 되기까지는 자신의 수양과 학문을 쌓는 데 전력을 기울인 것이다. 자신만을 위해 산다는 것도 어리석지만 다른 사람만을 위해 산다는 것 역시 어리석은 일이다.

물론 남을 위해 온 열정을 다 바치는 것은 좋은 일이다. 평형감각을 잃지 않고 남을 도와준다면 남도 나에게 친절하게 대해준다. 이러한 사랑과 봉사는 자신에 대한 확고한 신념 때문에 발생하는 것이어야 한다. 그래야 서로 평등한 입장에서 마음을 주고받을 수 있다.

그런 면에서 볼 때 마리 퀴리는 자신의 학문과 사회에 대한 봉사를 적절하게 조절한 진정한 도덕률을 지닌 사람이다.

제1차 세계대전 때였다. 당시 군 병원에는 엑스선 장치가 없어 총상을 입은 병사들의 몸속에 박혀 있는 총알의 위치를 찾아낼 수 없었다. 몸에 박힌 총알을 뽑아내지 못해 죽는 군인들이 많다는 사실을 알게 된 마리 퀴리는 엑스선을 장착한 진료차를 많이 만들기 위해 정부와 군 당국을 뛰어다니며 온갖 노력을 기울였다. 덕분에 많은 병원이 엑스선 치료시설을 갖추게 되었고, 수많은 부상병의 생명을 구할 수 있었다.

뿐만 아니라 그녀는 자신이 직접 차를 타고 돌아다니며 부상병의 치료를 도왔다. 그리고 1918년 전쟁이 끝난 다음에는 학교로 돌아가 학생들을 가르치며 연구에 열중했다.

그녀는 항상 먼저 세상을 떠난 남편의 말을 가슴에 담고 학문 연구에 몰두했다.

"인류의 학문은 꾸준히 발전돼야 하오. 따라서 학문을 연구하는 우리는 죽는 순간까지 연구를 계속해야 할 의무가 있는 것이오."

그렇게 사명감을 갖고 연구에 몰두한 끝에 그녀는 두 번이나 노벨물리학상을 수상할 수 있었다.

그녀는 일생을 통해 훌륭한 학문적 업적을 남겼을 뿐만 아니라 훌륭한 생활인의 모습을 보여주었다. 그렇기에 강직한 신념과 의지를 실천하는 귀감이 되었다.

♣ 리더가 되기 위한 5가지 조건

성공을 하기 위해서는 적극적으로 모든 일의 리더가 되도록 노력해야 한다. 세상은 오직 1인자만을 기억할 뿐이다. 리더를 꿈꾸며 리더가 되기 위해 노력하고 있는 사람이라면 다음과 같은 필수 요건 5가지는 꼭 지키자.

1. 항상 지식에 굶주려 있어야 한다.

당신이 리더가 되기 위해서 가장 중요한 요건 중 하나가 바로 충분한 지식이다. 무언가를 배워 나간다는 것 자체가 얼마나 흥미진진한가? 내가 모르고 있는 무언가를 배워나가는 그 뿌듯함, 그 성취감.

당신 자신이 가지고 있는 지식을 유용하게 활용하는 것도 무척 중요하지만 성공하기 위해서는 가지고 있는 더듬이를 항상 세워 놓아야 한다. 먹이를 찾는 더듬이처럼 새로운 지식에 대한 지적갈망이 있어야 한다. 어떤 한가지의 지식만으로도 성공한 사례가 많지만 리더가 되기 위해서는 다방면의 지식이 큰 역할을 하므로 여러 가지 경험을 쌓아야 한다.

2. 책임을 지려는 마음가짐이 필요하다.

리더가 되기 위해서는 사회생활에서 인정을 받아야만 한다. 그러기 위해선 맡고 있는 일에 대한 책임감은 필수이다. 한 번 시작한 일은 자신이 밤을 새워서라도 끝마칠 줄 아는 책임감이 필요하다.

물론 일에서의 책임감뿐만이 아니라 사람관계에서도 책임을 질 줄 알아야 한다. 말과 행동에 대한 책임, 어쩌면 일 관계에서 보다도 더 중요한 일이 말과 행동에 대한 책임일지도 모른다. 화끈한 말과 행동 및 그에 맞는 책임도 함께 병행한다면 당신은 남들보다 한 발 가까이 성공에 다가갈 것이다.

3. 가끔은 주변에 따뜻한 눈길을 줘라.

직장 내에서는 여러 관계의 사람들을 만나 볼 수 있다. 높은 직급의 상사부터 일반 단순 업무를 보는 아르바이트생까지. 바쁜 사회생활을 하다 보면 상사와의 일 처리만으로도 힘든 하루를 보낸다. 하지만 가끔 당신보다도 낮은 위치에 있는 사람과 따뜻한 말 한마디라도 나눠라. 당신의 따뜻한 말 한마디가 앞으로의 협력자를 만드는 것이다.

리더는 혼자되는 것이 절대 아니다. 주변 사람들의 협조 없이 혼자 이루어 낼 수 있는 일이 절대 아니다. 만약 혼자서의 힘으로 리더의 위치에 올랐어도 그 자리를 지키기 위해서는 낮은 위치에 있는 사람과의 협력이 절대적이다.

4. 신속한 결단력이 필요하다.

아무리 관련 지식이 풍부하며 인간관계가 좋다고 하여도 신속한 결단력 없이는 리더가 될 수 없다. 신속한 결단력이야 말로 일의 중심에 있는, 인원 관리를 해야 하는 리더에게 있어서 매우 중요한 사항이다.

앞에 고지를 남겨 두고 결정을 내리지 못한다면 일을 시작한 것만도 못한 결과를 낳을 수 있다. 또한 리더가 결단을 신속하게 내리지 못하면 당연히 그 밑에 있는 사람들까지의 판단도 흐려질 수밖에 없다.

5. 작심삼일을 두려워하지 말자.

계획하는 습관을 가지자. 하루의 일을 계획하고 인생의 순차적인 절차도 계획하자. 그러나 대부분의 계획들은 작심삼일로 끝나고 만다. 작심삼일로 그친 계획들을 보며 한숨을 짓지만 그리 나쁜 일만은 아니다. 자신의 계획이 왜 작심삼일로 끝나고 마는지를 깨달으면서 다시 계획을 세운다면, 그것이 작심삼일이라도 당신에게는 좋은 경험이 될 것이다. 사흘에 한 번씩 작심삼일을 반복해서 한다면 당신은 계획성 있게 자신의 일을 해나갈 수 있다. 삼 일 동안의 노력이 쌓이고 쌓이면 일 년, 십 년의 계획이 되므로 계획을 세움에 있어 노력해야 한다. 지금부터라도 리더가 되기 위한 계획을 세워보는 건 어떨까.

출처 : 팟찌닷컴

Epilogue

칭기즈칸의 경우

세계화 시대를 맞이해서 요즘 칭기즈칸이 많은 각광을 받고 있다. 그의 경우를 살펴보자. 내가 여기서 칭기즈칸을 논하는 것은 그가 구축했던 제국이 당시에는 압도적인 지식 영토의 구축에 의한 것이었기 때문이다.

칭기즈칸은 초원에 사는 유목민인 100만 명의 몽고족을 이끌고 전 세계를 누비며 1억 5천만 명 이상의 인구를 점령하고 통치한, 그야말로 1당 100의 제국경영을 달성한, 불세출의 영웅이자 인류 역사상 최대의 제국을 세운 사람이다.

그런 칭기즈칸이 800년이 지난 오늘날, 세계화와 정보화 시대를 맞이하여 인류역사상 최고의 스피드 경영, 효율 경영을 한 CEO로 재평가 받고 있다.

그 이유는 무엇일까?

21세기 인터넷 시대의 성공요인은 스피드, 네트워킹, 그리고 정보화 기술로 집약되고 있는데 칭기즈칸은 이미 800년 전에 뛰어난 세계감각을 가지고 스피드와 네트워킹을 활용한 사람이라는 것이다.

그가 이끄는 몽고 기갑군단은 보급부대가 따로 없는 전원 기병으로 다른 나라 군대의 3~4배의 스피드로 진군을 하면서 적군을 바람처럼 제압했다. 그의 군대는 하루 300㎞ 이상을 이동했는데, 그들이 세운 이동 속도는 제2차 세계 대전 때 독일의 기갑군단보다도 빠른 속도였다고 한다. 칭기즈칸은 그렇게 빠른 속도로 여러 대륙을 누비면서 세상에 대한 지식과 정보를 얻을 수 있었고 세계가 자기의 말발굽 밑에 있다는 것을 깨달았다. 만약 칭기즈칸이 그러한 지식 영토를 확보하지 못했더라면 그의 대제국을 존재하지 못했을 것이다.

칭기즈칸은 고려, 중국, 중앙아시아, 이란, 이라크, 인도북부, 러시아, 헝가리를 아우르는, 오늘날의 중국의 3배에 이르는 방대한 지역을 통치하면서 자신만의 독특한 정보전달 네트워크를 구축함으로써 근 200년간 세계제국을 경영하는 데 성공했다.

그는 스스로를 야만인이라고 불렀지만 커뮤니케이션과 속도를 중시하는 유목민의 삶의 방식을 자랑스럽게 여겼고 모든 몽고인에게 세계 지배의 꿈을 제시했다.

몽고제국의 성공비결은 한 마디로 칭기즈칸이 제시한 '꿈'에 있었다.

내가 여기서 칭기즈칸을 이야기하는 것은 그의 꿈을 이야기하고자 함이다.

"한 사람이 꿈을 꾸면 꿈으로 끝나지만 만인이 꿈을 꾸면 얼마든지 현실로 가꿔낼 수 있다."

이런 말을 남긴 그는 아홉 살에 아버지를 잃고, 사랑하는 아내마저 적에게 빼앗겼지만, 뼈를 깎는 고통으로 인내하면서 아내와 아이를 되찾아왔고, 자신의 꿈을 만인의 꿈으로 만드는데 자신을 바쳤다.

결국 끈질긴 노력 속에 칭기즈칸은 만인의 꿈을 이끌어냈고 대제국을 건설할 수 있었다.

그는 적에게는 무자비했지만 부하들에게는 한없이 너그러웠다. 자신을 위해서 목숨을 바치는 부하들에게 기대 이상의 대우를 해주었고 자기 핏줄처럼 사랑했다. 그럼으로써 그는 승리의 제1조건인 절대 충성을 받아냈다.

몽고가 대제국을 건설한 후 반포되었던 율법에는 이런 말이 적혀 있다.

"칭기즈칸께서는 다른 사람이 있는 곳에서 혼자 음식을 먹는 것을 금하셨다. 먹으려면 다른 사람과 같이 먹어야 한다. 전우보다도 많이 먹는 것을 금지한다."

칭기즈칸은 그렇게 몽고군대에 자긍심과 평등주의, 전우애를 심었다.

몽고군대는 전투에서 적들에게 잔인하기로 소문이 나 있었지만 통치를 하는 것에는 한없이 너그러웠다. 언어가 다르고 종교가 다르다고 차별을 두지 않았고, 피정복자가 세금만 잘 내고 반란을 일으키지 않으면 자치를 허용했다. 또한 포로를 처형하거나 노예로 삼는 대신 기술자는 따로 추려내어 무기를 만들게 했고, 무술이 뛰어나거나 용맹스러운 자는 용병으로 재교육시켜 철저하게 활용했다.

어찌 보면 칭기즈칸은 현대 경영에서 주로 애용하고 있는 아웃소싱 전략을 이미 체득하고 있었던 셈이다.

코페르니쿠스의 역발상이 지동설을 낳았다면 칭기즈칸의 꿈은 동서 문명을 관통하는 대제국을 낳았다. 여기서 우리가 간과해서는 안 될 일은 두 사람 모두 자신만의 지적 영토를 가지고 있었기에 그러한 역발상과 꿈을 가질 수 있게 되었다는 것이다. 코페르니쿠스는 사제의 신분이었지만 천체를 바라보고 연구하는 일에 일생을 바친 사람이다. 칭기즈칸은 평생 동안 춥고 거친 초원을 누비면서 이 세상의 크기를 가늠하였고 대제국의 꿈을 키울 수 있었다.

성공한 사람은 자기만의 지적 영토를 가지 않고서는 도달할 수 없다.

칭기즈칸이 남긴 가슴을 울리는 절규와 같은 말로써 이 책을 끝내고자 한다.

"집안이 나쁘다고 탓하지 말라. 나는 아홉 살 때 아버지를 잃고 마을에서 쫓겨났다. 가난하다고 말하지 말라. 나는 들쥐를 잡아먹으며 연명했고, 목숨을 건 전쟁이 내 직업이고 내 일이었다. 작은 나라에서 태어났다고 말하지 말라. 그림자 말고는 친구도 없고 병사로만 20만. 백성은 어린애, 노인까지 합쳐 백만도 되지 않았다. 내가 세계를 정복하는데 동원한 몽골 병사는 적들의 200분의 1에 불과했다. 배운 게 없다고 힘이 없다고 탓하지 말라. 나는 내 이름도 쓸 줄 몰랐으나 남의 말에 귀 기울이면서 현명해지는 법을 배웠다. 너무 막막하다고, 그래서 포기해야겠다고 말하지 말라. 나는 목에 칼을 쓰고도 탈출했고, 뺨에 화살을 맞고 죽었다 살아나기도 했다. 적은 밖에 있는 것이 아니라 내 안에 있었다. 나는 내게 거추장스러운 것은 깡그리 쓸어버렸다. 나를 극복하는 그 순간 나는 칭기즈칸이 되었다.